人狼への転生、
魔王の副官
巨竜咆哮
15
Hyougetsu
漂月
Nari Teshima
手島nari

登場人物
Character

ヴァイト

日本人から転生した人狼。
魔王軍で魔王の副官兼、
ミラルディア連邦の評議員を務める。

フリーデ

ヴァイトとアイリアの
間に生まれた少女。
変身はできないが人狼並みの
優れた能力をもつ。

シリン
フリーデの
幼馴染である
竜人族の少年。
魔王軍幹部の竜人
バルツェと
シューレの息子。
ユヒテ
フリーデの
幼馴染である少女。
輝陽教の大司祭
ユヒトの孫娘。
イオリ
ワの国出身で
多聞院評定衆
筆頭の養女。
人付き合いが苦手だが
高い隠密能力をもつ。
ミーチャ
エレオラの姪で
フリーデの親友。
なかなか
会えないが、
定期的な文通を
続けている。
ヨシュア
ロルムンド出身の
人狼族の青年。
ヴァイトに憧れ
ミラルディアへ
渡ってきた。

至ロルムンド
外交都市
クラウヘン
農業都市
ヴィルハイム
城塞都市
ウォーンガング
ワの国
〈風紋砂漠〉
迷宮都市
ザリア
工芸都市
ヴィエラ
交易都市
シャルディール
（東方交易路→）
海運都市
ロッツォ

〈北壁山脈〉
城塞都市
シュベルム
山岳都市
ドラウライト
農業都市
バッヘン
宗教都市
イオロ・ランゲ
農業都市
アリョーグ
古都ヴェスト
戦球都市
ドニエスク
〈魔族の樹海〉
古都
ベルネハイネン
グルンシュタット城
工業都市
トゥバーン
交易都市
リューンハイト
海賊都市
ベルーザ
〈南静海〉
至クウォール

これまでのあらすじ

生きる伝説〝黒狼卿〟ヴァイト、〝魔王〟アイリアたち魔王軍のおかげで
隣国のロルムンド、クウォール、ワの国と友好的な関係を築きながら平和な毎日が流れていくミラルディア。
そんな偉大な両親の姿を見て育ち、国内の短期留学、ロルムンド留学でも功績を残した娘のフリーデは
今度は噂を聞いたワの国から技術交流の名目で招待されることに。

しかし、ワの国のことなので文字通りの技術交流なわけがなく
〝ミラルディアの次世代の担い手として足るか〟の試練を課されることとなってしまう。
案内役と称してミホシ衆の見習いである少女イオリが監視するなか、
天性の勘と智勇でもって次々に試練を突破していくフリーデ。

ついには風紋砂漠へ足を踏み入れるが、突如出現した砂の街で〝アソン〟と名乗る男性と遭遇する。
人間のにおいを一切感じさせない謎の男に危険を感じたフリーデは、
みんなを守るために敵対行動に出るが〝アソン〟は砂の街から魔力を吸収して攻撃を仕掛けてくる。
だが、この〝アソン〟――かつての英雄でもなんでもなく、戦神の秘宝が原因の偽物だった。

後から合流したヴァイトと力を合わせて偽アソンを相手取るフリーデ。
父が偽アソンの気を引きつけている間に、偽アソンの魔力供給を断つために彼女は一人奔走し、
二人の活躍のおかげで戦神が生まれることなく偽アソンは朽ちていったのだった。

またも異国で功績を立てたフリーデ。
イオリという新たな心強い仲間とも出会い、
フリーデのおかげでミラルディアは各国との絆をさらに盤石なものとしていく――。

The story so far

Contents

第十五章

風紋砂漠の調査中に、最初の転移者「アソン」と遭遇した俺。

だがアソンは偽者だった。古代の秘宝が暴走して作り出した粗雑なコピーだったのだ。どうやら本物のアソンと面識があったようだ。

なぜかフリーデたちが現場にいてくれたおかげで無事に解決できたが、ワの留学中になんであの子が風紋砂漠にいるんだろうな……。若い頃の俺みたいだ。

秘宝は無事に回収できたし、ついでに「神世の大鳥居」の調査もできた。学術的にも外交的にも得るものは大きかった、と思う。

そしてミラルディアに戻ってきた俺は、またいつもの穏やかな日常を満喫していた。

魔物相手の大立ち回りも嫌いじゃないが、さすがに妻子持ちになるとそうそう無茶ばかりもしていられない。

ミラルディア人狼族の長老でもあるし、おとなしくしていないとな。それに戦場に立つ機会が減

って腕も鈍《なま》った。

「我ながら無謀なことをしなくなった気がしますよ、師匠」

俺は調査の報告書を師匠に提出しながら、苦笑いしてみせる。

我が師ゴモヴィロアは分厚い魔術書と訳のわからない実験装置と複雑な魔法陣に囲まれながら、小さく溜息をついた。

「どの口で抜かしおるか。おぬしは幾つになっても、ちっとも落ち着きがなくていかん」

そんなことないと思うけどなあ。

俺が首を傾げていると、師匠は「んー」と背伸びをしつつ、杖で自分の肩をトントン叩く。

「揉みましょうか？」

「いや構わぬ、どうせ肉体はかりそめのものじゃからの。とにかくおぬしはすぐに首を突っ込むし、やたらと交戦したがる。おまけに何でもかんでもすぐ爆発じゃ。学術調査に破壊は禁物じゃと何度言わせる」

返す言葉もない。

すると師匠はフッと笑い、ふわふわ浮きながら俺に顔を近づけてきた。

「冗談じゃよ。余人であれば偽アソンの討伐はおろか、生還すら危うかったであろう。しかも部下の救出を成功させ、秘宝を回収して無事に帰還してきたのじゃ。責める理由もない」

師匠は相変わらず弟子に甘いなあ。

もっともそんな甘さが好きなのだが。

師匠は空中に大量の書物を浮かべつつ、念動力でページをぱらぱらめくる。

「それに今回は『神世の大鳥居』の調査ができたのが僥倖《ぎょうこう》じゃった。転生の秘密について多くの知見を得たからの」

あ、それで思い出した。

「その件なんですが、イオリから貴重な情報提供がありました。数十年前に異国の魔術師が『神世の大鳥居』に潜入し、忽然と消えたそうです」

「イオリというと、フリーデの新しい学友じゃな」

「まあ……そういう認識で良いかと」

イオリは観星衆の長、トキタカの養女だ。後継者候補の筆頭だったらしいが、フリーデにくっついてミラルディアに来てしまった。

下手すれば外交問題になりかねないところだったが、トキタカが娘に甘いこともあって丸く収まっている。今はミラルディア大学の留学生だ。

「この魔術師、どうも妙なんですよ。観星衆が執念深く追跡したのに記録が曖昧で」

たとえば魔術師の名は「ジュナ、あるいはジュタ、さもなくばジュナン（ジュアンの可能性あり）」となっている。

観星衆はワの諜報機関、前世で言えばＣＩＡのような組織だ。こんなグダグダな記録を残すはず

がない。

あまりにも不自然なので、俺はこの魔術師が『記憶減衰《ぼやけ》』の術を使った可能性を疑った。人間の記憶はあやふやで失われやすいので、幻術や強化術や精神術など様々な魔法で乱すことができる。

「この魔術師は多聞院《たもんいん》の警備を突破するため、目撃者の記憶をぼやけさせたのかもしれませんね」

「ありえるのう。だとすれば『神世の大鳥居』にたどり着いたのも偶然ではあるまい」

観星衆も予知術師の集団だから、それを欺いたとなると相当な使い手だ。

「観星衆はジュ……なんとかが逃げたときに転移術を使ったと判断し、予知術で追跡を試みています。しかし予知の結果は全て『どこでもない』でした」

師匠の目がスッと細められる。冷徹な研究者の目だ。

「『わからない』ではなく、『どこでもない』なのじゃな？」

「はい。存在しない座標に至ったのかもしれません」

「では異世界に転移した可能性も考慮せねばならぬな」

この記録が残された時代の大鳥居はすでに壊れかけで、転生者の魂しか召喚できなくなっている。

だからこの魔術師本人が異世界転移の魔法を使った可能性があった。もし今でも可能だとすれば、政治的にも学術的にも無視できない。

「ふぅむ……」

師匠は難しい顔をして考え込み、椅子にちょこんと腰掛ける。

「いやはや、考えることが増えたのう。どれから手をつけるべきか悩ましい」

その割には嬉しそうですね、師匠。

師匠は宙を漂う魔術書たちに囲まれ、大賢者の風格を醸し出す。

「今回の風紋砂漠の調査によって、魔力の均衡の乱れが諸問題の原因であることも突き止められた。魔力の扱いを誤れば土地は枯れ果て、あるいは異様な生態系が生まれる」

それでふと思い出した。

「異様な生態系といえば、大樹海も妙ですよね」

「うむ。わしも大樹海の中心部には何かがあると見ておる。じゃが広大な上に新種や希少種が多くてのう。困ったことに研究が進まぬ」

困ってるのは俺たちなんだよな……師匠はすぐに脱線して違うものを追いかけ始めるから。そういうときは外見相応に子供みたいだ。

俺は師匠の弟子として、そして魔王の副官として進言する。

「研究のためには、まず環境の保全ですよ。あそこが風紋砂漠みたいになったら困ります」

「そうじゃな、茸人族《たけびとぞく》ともよしみを通じたことでもあるしのう。もしかすると茸人族のような未知の種族を発見できるやもしれぬ」

「火を噴く竜とか？」

「はは、見てみたいものじゃな」

ミラルディア連邦の西には大樹海が広がっており、魔族が多数暮らしている。かつて平原が人間たちの領域だった頃、魔族は樹海に隠れ住んでいたからだ。

だが今、その樹海にも変化が訪れていた。

＊　＊

「ふんぬうぅ！」

顔を真っ赤にした巨人族の青年が大岩を持ち上げる。

「こっ、これぐらいっすか!?」

「はい、そのまま区画外まで動かしてください」

竜人の技師が指差したのは、ロープを張った区画の外だ。

「とっ……遠い！」

「いえ、ですからコロに載せればいいんですよ。一番楽な方法でやりましょう」

犬人の作業員たちが細い丸太を敷き詰めていた。

「なっ、なるっ、ほどぉっ！」

大岩は丸太の上に載せられ、そのままゴロゴロと押されていく。

「ふい～っ……」

一仕事終えた巨人の青年に、竜人の技師が大きな布を差し出した。毛布ほどもある。

「お疲れ様です。今日中にここに小屋を建てて、当面の拠点にしましょう」

「それ、やっぱり俺がやるんすか？」

竜人の技師は図面を何枚もめくりながら、当たり前のようにうなずく。

「私がやっても今日中には終わりませんから」

「まあ……そうっすよね」

特大サイズの手拭いで額を拭いた青年が苦笑いしたとき、犬人たちが急に騒ぎだした。

「なんか変！」

「なんか変だね！」

「なんか変だと思う！」

巨人と竜人は顔を見合わせる。

「何かあったらしいっすね」

「こういうときの彼らは信用できます。何があったのですか？」

すると犬人たちは巨人族の足下に集まりつつ、不安そうに叫んだ。

「遠くの方ですごい遠吠えが聞こえたよ！　聞こえなかった？」

「すっごく遠くにメチャクチャ大きな何かがいるよ！」

「怖いよ！」

竜人の技師は傍らの木を振り返る。

樹上では魔王軍士官が警備にあたっていた。細く長いシルエットの魔撃銃を構えた、しなやかな印象の女性だ。

「モンザ様、どう思われますか？」

「んー……、確かに聞こえるね」

木の上から人狼隊のモンザが音もなく滑り下りてくる。長大な魔撃銃を抱えているというのに、着地の瞬間も全く音がしなかった。

「あたしには距離や大きさまではわからなかったけど、声の響き方は大物っぽかったかな？」

「このまま建設工事を進めて大丈夫でしょうか？」

するとモンザは犬人たちを手招きし、もしゃもしゃと撫で回す。

「どうかな？　あたしがいても怖い？」

「怖い！」

「モンザさんでもさすがにこれは無理！」

率直すぎる意見にモンザは眉を寄せたが、犬人たちを撫で回しながら竜人に言う。

「たぶん逃げた方がいいよ。犬人は戦えない分、逃げるときの判断は凄く正確だから」

「わかりました。御判断に従います」

こういうときに竜人は迷わない。やりかけの作業も工事の日程も全て無視して、一同に告げる。

「皆さん、前の拠点に撤収しましょう。運びづらいものは遺棄して構いません」

そのとき、遠くから不気味な響きが聞こえてきた。大きな弦楽器を低く低く奏でたような、重い響きだ。今度は竜人の聴覚でもわかった。

彼は相棒である巨人の青年に声をかける。

「すみません、肩を貸して頂けますか？」

「あ、はい」

巨人の肩に立って望遠鏡を覗いた技師は、夕焼けに染まる樹海を見つめる。

「……なんですか、あれは？」

望遠鏡の視界には、何かの首が木々から突き出すように蠢《うごめ》いているのがうっすらと捉えられていた。

*　　*

「で、翌日偵察に出たら、その大岩がこんなんなってたの」

モンザが皿の上の茹で芋をフォークでぐしぐしと潰す。やめなさい、お行儀が悪い。

それを見ていたフリーデが目を輝かせる。

「なにそれ、すごい！　モンザさん、もっと聞かせて！」

「いや、あたしもそれ以上は見てないから。さすがにヤバい匂いがしてたし、大きな魔物って歩いてるだけでかなりの速さなんだよね。見つかったら大変だもん」

　モンザは戦闘マニアだと思われている節があるが、実際は狩猟マニアだ。危険に対しては細心の注意を払う。

　だからこそ派遣していた訳だが、なんだかとんでもない事態が起きているようだ。

　俺は少し考え、モンザからフォークを取り上げた。

「大樹海のことなら茸人族に聞くのが一番早い。俺が聞いてみよう」

「隊長はキノコちゃんたちから信頼されてるもんね。でもリューンハイトにいる茸人に聞いてわかるもんなの？」

「いや、それがわかるんだ」

　茸人たちは胞子と菌糸を使ったネットワークを持っており、物凄い速さで情報伝達ができる。

　おまけに彼らはひとつの意思を共有する群体生物なので、伝言ゲームみたいなミスが起こりにくい。通信インフラとしては最高クラスだった。

　俺は潰された茹で芋でランチを再開しつつ、溜息をつく。

「この十数年でミラルディアは各種産業が活気づいてきたが、おかげで慢性的な木材不足だ。一方、大樹海は放っておくとじわじわ広がる。気候のせいか魔力的なものかはわからないが、貴重な森林

資源だ。何としても全容を解明して掌握したい」

「難しい話はいいんだけどさ、あたしはどうしたらいいの？」

モンザが退屈そうにうねうねしているので、俺は魔王の副官として命令を下す。

「退役したベテラン人狼たちを招集して、監視チームを組織してくれ。力押しが効かない相手なら御老体たちが頼りになる。若手を交ぜるのを忘れるなよ」

「はぁい。あたしも交ざっていいよね？　若手だし」

フリーデが首を傾げる。

「若手……？」

「うん、まだまだ若手のつもりだから」

モンザはあまり気にしていない様子で楽しそうに笑っているが、俺は軽く咳払いする。

「フリーデ、静粛に。今のお前は部外者だ」

「あ、はい。ごめんなさい」

見た目がぜんぜん変わらないからアレだけど、モンザは俺と同い年だよな。

しかし女性の年齢のことは極力話題にしない主義なので、俺はニッコリ笑う。

「もちろんモンザはこの任務に不可欠の人員だ。若手の筆頭としてよろしく頼む。ベテラン勢と若手たちがうまくやれるように取り計らってくれ」

「あはっ」

凄く嬉しそうに笑って、モンザが軽く敬礼する。

「じゃあ若手筆頭として頑張ってくるね、隊長！」

「お、おう」

明らかに中堅の役割を押しつけられたにもかかわらず、モンザは御機嫌だった。


華奢なモンザがランチ三人前をぺろりと食べて退出した後、俺はフリーデに向き直る。

フリーデは興味津々だ。

「大樹海の怪物ってなんだろうね、お父さん？」

「怪物かどうかもわからないが、とにかく情報収集してもらおう。お父さんはリューンハイトから動けないからな」

「なんで？」

「君たちの指導があるからだ」

フリーデたちが三回生になり、とうとう俺が学年主任教官になってしまった。

魔王の副官に何をやらせるんだと思うが、大魔王陛下が学長だから文句も言えない。それに人材育成は国家の最重要事項だ。魔王の副官が兼務するに相応しい、と思う。

「もちろん他にもやることが山積みだ。魔族と人間の対立、法律の改定、職能組合や教団からの陳情対応、魔王軍の再編成」

「ほぇー……」

フリーデが溜息をつく。

「お父さん大変だよね」

「大変だよ。だからみんなには早く一人前になってもらいたい」

評議会には各太守から派遣された人材が集まっているが、やはり足りない。

元老院みたいに前例主義で適当に回すだけなら十分だが、時代に合わせて改革を行っていくには質も数も不足していた。

「特にフリーデには期待して……ああいや、あんまり過大な期待をされても困るか」

「なんで？」

「いや、フリーデの人生はフリーデのものだからな。ところで授業は楽しいか？」

「楽しい！」

フリーデの現在の進路希望は魔王軍の魔術士官らしい。技術職だ。

学業も順調で魔術科に進み、様々な学問を体系的に学んでいる。

「お父さん、錬金術って面白いね！　魔力も使わないのに、いろんなことができちゃうんだから」

「それたぶん錬金術じゃなくて化学だな……」

魔力を使って普通じゃない化学反応を起こしたりするのが、この世界の錬金術だという。

このへんの厳密な分類もそろそろやらないといけないのだが、俺は化学の素人だからよくわから

ない。

もう少し理系の人がこっちに転生してきたら良かったのにと溜息をつきつつ、俺は机上の書類を丸めて捨てた。

「お父さん、どうしたの？」

「評議会の今後について考えるんだ」

フリーデに言ってわかるかどうか怪しいが、俺は一応説明しておく。

「評議員の多くは世襲の太守だから、だんだん代替わりしてるだろう？」

「あ、うん。ミュレ先輩も先代太守はおじいちゃんだったんだよね」

「ペトーレ爺さんな」

あの元気な爺さんも昨年とうとう鬼籍に入ってしまい、みんなで派手に弔ってやった。

孫夫婦一家と釣りをしながら、そのまま眠るように大往生したんだから本望だろう。

うらやましい。

それはともかく、世襲というところに問題があった。

「ミュレなんかは優秀も優秀、ミラルディア屈指の秀才だし清廉潔白で職務熱心だからいいんだけどな。そうじゃないのが跡取りになったら困る」

一応、どこの太守の家でも後継者はしっかり教育している。一族の将来がかかっているからだ。

とはいえ、育て上げた後継者が急死することもあるだろうし、思うように育たない場合もあるだ

ろう。

いずれ、評議員にふさわしくないヤツが評議会に名を連ねることになる。

「今はミラルディア大学で人材育成をしているから、太守の家系以外にも優秀な人材が増えてきている。だから評議員の世襲を廃止できないかと考えてるんだが……」

するとフリーデが首を小さく傾げた。

「でもみんな、自分の子供に跡を継がせたいでしょ？」

「そうだろうな。お父さんは違うけど」

俺はフリーデに評議員になって欲しいとは全く思っていない。

フリーデに継いで欲しいのは志、もうちょっと違う言い方をすれば現代人的な価値観だ。

これについてはうまくいっていると思うので、特に言うことはない。後はどう生きるかなんて、フリーデが自分で決めればいい。

俺はそんなことを考えつつ、フリーデにこう説明した。

「太守たちが自分の子供を跡継ぎにしたいっていうのも、ちゃんと合理性があるんだよ。自分が長年育ててきた後継者だから、能力や考え方はよくわかっている。安心して後を任せられるんだ」

「なるほど」

「アインドルフ家ならアインドルフ家らしい決断力、フォーンハイム家ならフォーンハイム家らしい深謀遠慮」

フォーンハイム家は工芸都市ヴィエラの太守、つまりフォルネの家だ。

元老院にすり寄る姿勢を見せつつ、裏では好き勝手やって街を発展させてきた。

最後の最後まで元老院に対して敵意を見せなかったが、もちろん元老院崩壊を主導した立役者の一人だ。

戦略の立て方ひとつにも、その家らしい特色が出る。

「だから他の太守や市民も、『あの家の正当な後継者なら安心だろう』と思ってくれる。実際、知識や人脈といった資質はたいてい、要求される水準に達しているからな」

それぞれの家系がブランド力を維持しているから、みんな信頼してついてきてくれる。

太守や評議員に付属する利権が目当てとはいえ、今のところはそれに見合うだけの指導力は発揮している。

だから急な改革を断行すれば、後が大変だ。

実際、工業都市トゥバーンを占領したときは太守を追放したので、新太守のフィルニールは大変な苦労をした。

幸い、トゥバーン太守はあまり人望がなかったので何とかなった。

さらに俺やメレーネ先輩もフィルニールをフォローして難局を切り抜けたが、あんな危ない綱渡りは二度とやりたくない。

「だから今の世襲制を、すぐに改めるつもりはないんだよ。いずれは市民全員による投票で選出し

たいんだが」

するとフリーデは興味を持った様子で、俺が丸めた書類を勝手に広げ始める。

「へえ……みんなで評議員を選ぶんだね。面白いなあ」

「あーこらこら、ダメだぞ。今やろうとしても絶対失敗する」

「なんで？」

「ちょっと考えてみれば、すぐにわかると思うぞ……」

俺は溜息をついて、机の上に頬杖をつく。

「太守たち全員が反対するだろうし、どうせ選出されるのは太守や司祭や豪商だよ。何も変わらない」

「そうかな？」

「金や利権をばらまいて票を得ようとする連中が、必ず出てくるからな……」

前述のフォーンハイム家なんかは絶対やると思う。

『私が当選したら、黒狼卿劇の新作を制作させるわよ。投票してくれた人には全員、チケットと記念品もつけるわ』

黒狼卿に扮した俳優などを引き連れ、白昼堂々と違法行為に及ぶフォルネの高笑いが目に浮かぶ。

となれば、マオあたりも何かやるだろう。

『塩の流通を支えてきた者として、私は公約します。塩の価格を変動性にして、より市場の需要に

見合った供給をしましょう』

お前、市場価格という大義名分で塩の値段をつり上げたいだけだろ。

『魔王陛下の副官ヴァイト様も、この私には期待しておられます。どうか私に清き一票を』

やめろ。

想像しただけで溜息がどんどん出てきた。

ふと顔を上げると、フリーデも何か想像しているようだった。目を閉じて小刻みに震えている。

「ダメだ……これ絶対ひどいことになる……」

「わかるだろう？」

選挙って制度は、投票する人たちの見識に未来を託す制度なんだ。

「もし選挙制を導入するとしたら、まず入念な法整備をする必要があるが、今の評議員たちが協力してくれるとは思えない。自分たちの権益が脅かされるだけだからな」

彼らは優秀で信頼できる仲間たちだが、理想を食べて生きている訳ではないし、別に善人でも聖人でもない。

「それに市民も、誰に投票していいか全くわからないだろう。俺も前世で誰に投票していいか全くわからなかったし」

俺の言葉にフリーデが目を丸くする。

「お父さんでもわからないの？」

「お父さん、あっちじゃ普通の人だったからな」

「いや、それはないから」

軽くいなされてしまった。

フリーデはクシャクシャの紙を手にしたまま、困ったように笑う。

「お父さんが普通の人だったら、その国……ニホンだっけ、ニホンには伝説の黒狼卿が何千万人いることになるの？　ありえないよ」

そう言われても、本当にただの一般人だったからな……。

俺は腕組みする。

「教育水準が全然違うんだよ。識字率は百分の百に限りなく近いし、二次方程式ぐらいは全員が習う」

こっちじゃ人口の一%にも満たない知識層や富裕層が学ぶものだが、あっちでは義務教育の内容だ。

遵法精神や公衆道徳なども含めて、ありとあらゆる教養に大きな隔たりがある。

「ミラルディアが前世の日本の水準に達するまでには、あと百年ぐらいはかかるだろうなあ」

十代後半まで、あるいは二十歳を過ぎても毎日学校に通える国なんて、よっぽど豊かでないと成り立たない。若者が勉強していると十分な労働人口を確保できない。今のミラルディアでそんなことをすれば、たちまち深刻な食糧難になるだろう。

だから今は、一握りのエリートたちに学んでもらうしかない。この国には、いやこの世界には、まだその程度の余裕しかないのだ。

「やっぱり選挙制は無理だな……」

人狼の力も魔術師の知識も、社会という巨大な存在に対してはまるっきりの無力だ。

だがフリーデが俺に笑いかける。

「まあまあ、落ち込まないで。お父さんの代で無理でも、私たちの代になったら変わってるかもしれないよ?」

「ん?」

そうか……そうだな。

俺の人生が有限だとしても、俺の後に続く者たちには無限にも等しい時間がある。

俺で無理なら、俺の娘が。俺の娘で無理なら、俺の孫が。

俺の孫で無理でも、いつかは遠い未来にたどり着く。

懐かしい、あの未来に。

なんてことだ。俺やフリーデンリヒター様が目指した未来は、もう手の届くところにあるじゃないか。楽勝じゃん。

俺が黙ってしまったので、フリーデは心配そうに顔をのぞき込んできた。

「大丈夫？　なんか悪いこと言っちゃったかな……？」

「いや、そうじゃない。むしろ今、とても感動しているところだよ」

負うた子に教えられる気分というのは、こういうものか。

「一気に気楽になったな。よし、後のことはお前たちに任せよう」

あー、なんか重荷が急に消えた気分だ。

よしよし、これでまた楽隠居に一歩近づいたぞ。

となれば、だ。

この頼もしい後継者には、もっと活躍してもらわないとな。ちょうどいい仕事があるので、フリーデに任せよう。

「フリーデ・アインドルフ」

俺が口調を改めたので、フリーデはクシャクシャの紙を放り出して背筋を伸ばした。

「はい、閣下」

「南静海の向こうにあるクウォール王国を知っているな？」

「はい、地理で習いました。あと歴史でも」

「よろしい。では君を魔王軍の魔術士官候補生と見込んで、頼みがある」

「なんでしょうか、閣下」

俺はフッと笑う。

「来月、クウォール王太子シュマル殿がミラルディアに留学にいらっしゃる。ミラルディア大学で

軍学と医学を学ばれるそうだ」

「医学ですか」

シュマル王子の父であるパジャム二世は、傭兵隊長ザカルに暗殺された。

シュマル王子を懐妊していたファスリーン王妃も命を狙われたため、それが彼の専攻分野に影響しているのだろう。

「シュマル王子の出迎えにはクウォール外交部門のクメルク長官を派遣する予定だが、いささか心配な点があってな」

俺はフリーデに、クメルク長官が若い頃にクウォールで傭兵隊長の副官をしていたこと、そしてその傭兵隊長がシュマル王子の父・パジャム二世を暗殺したことを説明した。

十数年が経って暗殺事件は公然の秘密になっているが、クウォール王室は未だにパジャム二世の死因を公式には事故死としている。

「シュマル王子は分別のある立派な若者だと聞いているが、それでもクメルク長官が父の仇とゆかりのある人物となれば、冷静でいられるかどうかわからない」

「まあ……そうだよね。あ、いえ、はい」

背筋を伸ばすフリーデ。

クメルク自身は何度もクウォールに渡航しており、クウォール諸侯会議の議員たちとも仕事をしている。

ただこれまではシュマル王子は未成年だったため、会う機会も会わせる必要もなかった。

「そこでフリーデ、君にはクメルク長官とシュマル王子の警護をしてもらいたい。俺か正規の魔王軍士官が随行することも考えたが、クウォール王室があまり警備を仰々しくしないでくれと要望しているんだ。君の肩書は学生のままで、表向きは留学生を歓迎する在学生代表ということにする」

「秘密任務だ、かっこいい！」

「こらこら」

実はこの秘密任務すら表向きの理由で、本当の理由は別にある。

シュマル王子はミラルディア連邦の次世代指導者たち、つまりミラルディア大学の学生たちとの交流を望んでいる。王になった後、人脈として重要になるからだろう。

護衛として考えた場合も、フリーデならちょうどいい。素手でもベテラン兵数十人に匹敵する強さを誇る。

まだ正式に魔王軍に仕官はしていないが戦闘力なら魔王軍屈指、おそらく十傑には入っているはずだ。

それに魔王の娘だから、王子の歓迎役としては外交的にも適任だろう。

「シュマル王子は母親のファスリーン妃の影響で、熱心な親ミラルディア派だ。魔王軍に対する印象もいい」

俺がパジャム二世の仇を討ったからな。

「うちの人虎隊のベテランは、全員クウォールの出身だ。二人つけるから君が指揮しろ」

「は、はい」

初対面だから大変だと思うが、面識のない部下たちを動かすのも大事な訓練だ。

戦場では指揮官の戦死などで、突然指揮系統が変わったりする。

「ではフリーデ」

「はい」

「今回、俺は同行しない。君の采配で警護任務を達成したまえ。今の君ならできる」

治安のいい国内での任務だ。

それでも親としては心配なのだが、俺も子離れしないとな。

俺がいなくなった後でも、フリーデが一人でやっていけないと困るんだ。

フリーデは俺のそんな親心を知ってか知らずか、真顔で敬礼する。

「はい、謹んでお受けいたします！」

いい敬礼だった。

ああ、心配だ……。

＊　　＊

「歪《いびつ》なるもの」

ミラルディア連邦の西に広がる大樹海は、濃密な魔力によって数多《あまた》の魔物を育んできた。

猪はもともと賢く強い猛獣だが、大樹海の魔力と激しい生存競争によって独自の進化を遂げ、魔物化した大型種も存在していた。

激しい闘争心を持ち、人間の弓やクロスボウでは手に負えない凶暴な怪物で、樹海に住む人狼たちは「狂い猪」と呼んでいた。

その狂い猪たちの中でも、体毛が黄金に輝く個体がいる。

人狼でさえ戦いを避けるという、「黄金の狂気」だ。体高が人間の背丈を超えるほどになり、家屋を破壊するほどの力を持つ。

この「黄金の狂気」の近くでは人狼は体内の魔力に異変が生じ、変身できなくなる。

かつては悪霊や邪神の類だと思われていたが、大賢者ゴモヴィロアと弟子ヴァイトの研究によって、金色の菌類に感染した結果だと判明している。

大樹海でも珍しい部類に入る魔物だが、それが木々の間を傍若無人にのし歩いていた。枝をへし折り、根を踏み潰し、殺戮の衝動を満たそうと周囲を見回す。「黄金の狂気」には同族すら恐れて近づかない。

と、その「黄金の狂気」が突進を開始した。何かを見つけたのだ。

「ブオオオォッ！」

咆吼が木々をざわめかせる。

次の瞬間。

「ギャブッ!?」

金色の巨大な猪はひっくり返り、真っ赤に染まっていた。頭蓋が無残に割れ、既に絶命している。

森の全てが何かを恐れているかのように、不気味な静寂が広がった。

突進で家屋を倒壊させるほどの巨体は痙攣しながら鮮血をぶちまけていたが、やがて暗がりの中で何者かが怪物の死骸に食らいつく。

ちゃぐ、ちゃぐと咀嚼する音が森に響き渡った。

＊　　　＊

フリーデは魔王軍の士官見習いとして、初めて本格的な任務を遂行することになった。クウォール王国の次期国王、シュマル王子を留学生として迎える大事な任務だ。

魔王軍から率いていく部下は人虎隊の古参二名。

それと竜人の幼なじみシリンと、ロルムンド人狼の少年ヨシュア。あとユヒト大司祭の孫で、輝陽教見習い神官のユヒテ。ワの観星衆の頭目トキタカの養女、イオリ。

このいつもの面々は、同行を志願して教官室まで押しかけてきた。

公務の邪魔さえしなければ特に止める理由もないし、シュマル王子と仲良くさせるのにちょうどいいので正式に許可する。

なんだか多国籍な感じだが、どうやらフリーデはどこの誰とでも仲良くなれるようだ。シュマル王子たちともうまくやってくれるだろう。

たぶん。いや、きっと。

さらにフリーデがワから連れ帰った猫人の抜け忍たちも勝手についていったので、かなりの大所帯だ。心配すぎる。

「大丈夫かな」

俺は執務室の南側の窓を見つめながら、机上の魔法装置を手にする。

魔王軍が開発した長距離無線機だ。魔力で作動し、魔力波で通信する。木製なことを除けば見た目はスマホに似ているが、メールもネットもできない。あくまでも音声通信だけだ。

今回はこれをフリーデたちにも持たせてあるので、タイムラグなしで通信ができる。

いずれはこれも民生用に開発され、流通するようになるだろう。

「大丈夫かな……」

また同じことをつぶやくと、室内にいたアイリアが笑った。

「心配しすぎですよ。みんなも一緒ですから、あの子ならやり遂げるでしょう」

「そうだと思ってるし、そうでないと困るんだが……しかし」

大丈夫かな？

我ながら子離れできてないと思う。あの子はもう十五歳だ。ミラルディアでは成人とみなされる。信じよう。

俺は通信機を机上に置き、それから溜まっている書類を一枚手に取った。今の俺は我が子の心配よりも国の行く末を心配しなければならない身だ。

書類の内容をざっと読み、アイリアに告げる。

「量産型魔撃銃の選定、やはりジェリクの開発したものになりそうだな」

兎人の弟弟子リュッコが、ロルムンドで現地改修を行いまくった魔撃銃。

みんなの要望でいろいろなバリエーションが作られたが、人間や魔族の一般兵に持たせる量産型をどれにするかで長年検討を重ねてきた。

結果は俺の予想通りだった。

「耐久性と信頼性が高いというのは、歩兵が持つ武器には何よりも重要だ」

肝心なときに作動不良を起こしたら、兵が死んでしまう。

ただ開発コード名が「俺の大将」なのは、いい加減何とかさせないといけないな。

魔王軍の魔術関係の裁可は、俺がやることになっている。俺は書類に決裁のサインをして、生産性についても研究を進めるよう意見を添えた。

今は熟練の職人が繊細な調整を繰り返しながら仕上げているので、戦争にでもなったら数が足りなくなる。職人の養成なり生産工程の工夫なり、何か必要だ。

ついでに一行「名前を何とかするように」とも付け加える。

さて、これで一件処理した。

俺は窓の外を見て、ふとつぶやく。

「大丈夫かな……」

「ふふっ」

アイリアが堪えきれなくなったように、くすくす笑った。

だって心配なんだよ。

それから数日経った。

フリーデたちも、そろそろ漁業都市……じゃなくて海運都市ロッツォに到着したはずだ。

木目調のスマホ、ではなく魔力通信機をいじりながら、連絡を待つ俺。

あいつこの数日、ぜんぜん連絡してこないじゃないか。

「前世ではこういうのを、『親の心子知らず』と言いましたけど」

俺は師匠に愚痴をこぼす。

「フリーデはもう少し連絡をよこしてもいいと思うんですよ」

　すると我が師ゴモヴィロアは魔術書を閉じ、呆れた顔をした。

「それをおぬしが言うのか。魔王軍士官として転戦しておった頃、一度も人狼の里に戻らなかったであろうに」

「仕事だからしょうがないじゃないですか。昔はこんな便利な道具もありませんでしたし」

　しかし師匠はますます呆れ顔になる。

「魔王軍の将として伝令を送るぐらいは造作もなかったじゃろう？　手紙のひとつもくれなんだと、ヴァネッサがこぼしておったぞ」

　ヴァネッサは俺の今世の母親、人狼の女傑だ。

　あの性格だから特に気にしてないだろうと思っていたが、考えてみれば俺は夫の忘れ形見、たった一人の息子なんだよな。

　思えば親不孝なことをした。

　どうも形勢が悪いので、俺はコホンと咳払いをする。

「親になって、ようやくわかりました……」

「はは、そうであろう、そうであろう」

　独身未婚の師匠が、なぜか親みたいな顔をして何度もうなずいている。

「わしはおぬしら弟子たちを我が子のように思っておるでの。無鉄砲な弟子ばかりじゃが、おぬしが一番酷い」

「酷いって……」

「しかも未だに直っておらぬ」

直ったってば。

たぶん。

師匠は俺の顔を見て、小さく溜息をつく。

「そんなに心配なら、ロッツォまで送ってやってもよいぞ？」

「いえ、いいです」

俺は魔王の副官として、未来の士官候補生に任務を与えたのだ。様子を見に行くなど過保護にも程がある。

だがそれはそれとして、やっぱり気にはなる。フリーデ大丈夫かな？　また無茶してないか？

俺は気持ちを落ち着かせるために湯を沸かし、ワの国から輸入した緑茶を淹《い》れる。

「今の俺なら、監視をつけることも、各都市の太守たちに報告させることも、自分で追跡することもできます」

権力も魔術も人狼の力も使いたい放題だ。フリーデの様子をずっと見守ることぐらい造作もない。

「しかし、それじゃダメだと思うんですよ」

師匠が愛用の湯飲みを持って、俺の言葉に小さくうなずく。

「ふむ」

「俺はあの子を信じて任務を託しました。ここで尾行なんかしたら、俺はあの子を信じていないことになります」

いつまでも子供扱いというのも、フリーデに失礼じゃないだろうか。

それは我が子を親の保護下に置いておきたいというエゴでしかないと思う。

「それにフリーデも一人の自立した人間です。親に尾行なんかされたら気分が悪いでしょう」

「まあのう……」

俺が尾行される立場だったら気分が悪い。

師匠はクスッと笑う。

「さてはおぬし、前世で何かあったな？」

「ええまあ、ははは」

その件については俺も悪かったんだけど、今さら思い出したくはない。

俺は緑茶を飲みながら、ふっと笑う。

「だから俺は信じて待ちますよ。あの子が助けを求めてこない限り、俺は何もしません」

「うむ、それでよい。人を育てるには、やはり最後は信じてやらせてみるしかないでのう」

にっこり笑う師匠だった。

俺もにっこり笑う。

と、そのとき机上の魔力通信機に「着信」の魔力紋が浮かび上がる。

フリーデからだ。

「何かあったのか!?」

俺は慌てて通信をオンにする。

そのとたん。

『てめえーっ！　王子だかなんだか知らないが、何がハーレムだクソ野郎！』

これ、ヨシュアの声だな。

いきなりトラブルになってるじゃないか。

続いてフリーデの必死そうな声。

『ヨシュア、王子様に何してるの!?　こら、放せ！』

『うわあぁっ!?』

何かが壊れる音がした。

さらに猫人たちが「やっちまえー！」「オヤブンをお守りしろー！」などとニャーニャー叫んでる声も聞こえてくる。

俺と師匠は顔を見合わせた。

「なんですかこれ」

「たぶん、勝手に通信が入っただけじゃのう……」

おおかたポケットに入れてて誤作動したんだろう。

音声だけだが、まだ激しいやりとりが聞こえている。

『ヨシュア、今回だけは僕も味方だ。殿下、フリーデに謝罪してください』

シリンの声だ。

『私も許す訳にはいきません。クウォールの王太子といえども覚悟して頂きます』

これはイオリだな。

他にも知らない少年っぽい声が聞こえてくる。

『ティリヤ、僕何かまずいこと言ったのかな!?』

『アホですか殿下は。ミラルディア人の慣習をちゃんと勉強しないからです。自業自得なので頭をかち割られてください』

ティリヤ……聞き覚えのある名前だな。あっ、思い出した。もしかして、あのときの子か?

『みんな落ち着いて。フリーデが困ってるでしょう?』

ユヒテの声も聞こえてくる。

まあ、だいたい事情はつかめた。帰ったら訓戒と反省文だな。

『も、申し訳ない。しかし僕は今、何か悪いことを言いましたか?』

『自覚してねえのかよ、てめえは!』

ヨシュアが吼えるが、それをフリーデの怒号が吹き飛ばす。

『だから落ち着けーっ!』

『うわあぁーっ!?』

お前が一番落ち着け。

『フリーデ殿、もうそれぐらいで！　彼が死にます！』

『この程度で俺が死ぬか！』

『そう、だから大丈夫！』

『ぎゃああああー！』

フリーデの投げ技がヨシュアを何度も襲っているようだ。なんだこのコントは。

師匠が通信機をつんつんつつきながら、首を傾げている。

「こやつらは何をしておるのじゃろうな」

「たぶん、文化とか価値観とかの相違を体験しているところではないかと……」

「そうか。ならば良い学びの機会じゃな」

うんうんとうなずく師匠。

俺は教育のことよりも外交のことが気になっていた。

信じていいんだよな、フリーデ？

リューンハイトに帰還したフリーデたちを前にして、魔王の副官である俺は訓戒を始める。

「お説教の前に、まず歴史の補習だ」

「はい、閣下……」

フリーデとヨシュア、シリン、ユヒテ、イオリの五人。

それにシュマル王子と侍従の少年。ティリヤと呼ばれていた子だ。

全員が恐縮しきった表情で、ややうつむき加減に整列している。

俺は溜息をついて、説明を始めた。

「クウォールでは男系男子しか王になれない。女系男子、あるいは女性が君主になれるミラルディアやロルムンドとは違う。これは全員に教えたな？」

「はい、閣下……」

うなだれる少年少女たち。フリーデ配下の猫人たちは部屋のあちこちに隠れてガタガタ震えているが、後で反省させる。

「男系男子にしか継承を認めない場合、どうしても後継者不足に陥りやすい。女系の継承を認める国と違って、クウォール王室は家系の断絶という問題を常に抱えている」

どちらがいいという話ではないが、とにかく大変なんだ。

「現にクウォールでは、王室の若い男系男子はシュマル王子ただ一人だ。彼に何かあれば、その時点で王朝が終わりかねない。大変なことになるぞ」

クウォールには他にも男系男子の王族たちがいたが、全員出家させられて独身のままだ。それにもう、みんな高齢になっている。

「その後継者問題を解決するひとつの方法が後宮だ。多くの妻を娶《めと》り、なるべく多くの世継ぎを残す。ヨシュア、これは決して不道徳でも野蛮でもないんだ」

俺はそう諭したが、ヨシュアは不満そうだ。

「でも閣下、それなら継承のやり方を変えればいいじゃないですか」

「ロルムンド人の君が口を挟む問題ではないな。もちろんミラルディア人の我々もだ」

極めて繊細な問題なので、当事者の前で過激なことを言わないように。

ヴァイト閣下も今、とてもドキドキしているんだよ。

「もちろん俺もミラルディア人だから、後宮という文化にはなじみがない。自分の娘を後宮にやるつもりも……いや、当人が望めば別にいいんだが。フリーデ、行きたいか？」

「絶対やだ」

フリーデが後宮の妃になる光景は全く想像できなかったが、本人が行きたいと言えば止めるつもりはない。

でも当人に行く気が全くなくて助かった。

俺はそこでシュマル王子に向き直る。

「そういう訳で、貴国の重要な文化である後宮も、ミラルディア人やロルムンド人にとっては驚愕をもって受け止められるのです。おわかりですかな？」

「は、はい、ヴァイト殿……反省しています」

初対面なのにこんなことになってしまって、若干申し訳ない。

でもシュマル王子、立派に育ったなあ。

シュマル王子は惚れ惚れするような美形で、物腰にも品がある。

顔立ちが整っているのは当たり前で、美女を大勢集めて何世代も交配を繰り返せば必然的にそうなるだろう。

彼の母親であるファスリーン妃も相当な美女だし、父親のパジャム二世自身もイケメンだった。

だからそこはどうでもいいのだが、顔立ちに二人の面影があるのは嬉しい。

しかし何よりも似ているのは、その言動だった。

「シュマル殿下。初対面の女性にいきなり『後宮に入ってくれ』と言うのは、ミラルディアでは謹んで頂きたい」

「いけませんか?」

「いけませんな」

ダメに決まってるだろ、この野郎。お父さん絶対に許さないぞ。

シュマル王子は首を傾げている。

「しかし後宮に入って頂かなくては、その方のことがわかりません。お互いのことを深く知るためにも、まず後宮に入って頂くことが必要だと思うのです」

君のそういうとこ、君のお父さんそっくりだよ。

いや、クウォール王室の常識からいえばそうなんだけどさ。

俺はヨシュアが人狼に変身しそうになっているのを視線で制する。どうどう、落ち着け。思いは同じだ、戦友よ。

「王家の後宮に入ることはクウォールでは最高の名誉とされているからな。後宮にいる間は親族全員を養ってもらえるし、出た後も貴族や豪商からは引く手あまただ」

「はい。実際に後宮に入るかどうかはともかく、最大の賛辞でもあると思います」

だからそれ、ミラルディアでは通じないから。

「君の国の常識が通じるのは、君の国だけだ。ミラルディアにいらした以上、ミラルディアの常識を尊重して頂きたい」

「はい、そのようにします」

神妙な顔でシュマル王子がうなずいたので、俺もうなずく。

「ヨシュアたちも、これぐらいのことで暴力に訴えたりしないように。魔族と違って人間、特に身分の高い人間は殴り合いで物事を解決したりはしない」

決闘はするけどな。逆に言えば、個人の喧嘩ですら細かいルールに縛られている。

しかしシュマル王子がヨシュアたちから敵意を向けられているのは、ちょっと気の毒だな。彼は別に悪くない。

これがクウォールなら「誰でも気さくに後宮に誘うとは、なんと寛大で心優しい王子様なんだ。

お世継ぎも安泰だろう」と美談になる。実際、クウォールでの彼の評判は上々だ。

ちなみに後宮に入ったからといって即座に夜の営みがある訳ではなく、お試し交際期間も用意されているらしい。

「クウォール王家の後宮は古くから、女性を匿う避難所としても使われてきた。後宮にいる女性には誰も手出しできないから、暗殺や私刑の恐れがある女性を後宮で守ることができる」

これに関しては非常に興味深い資料がある。クウォール王家がミラルディア評議会に開示してくれた公文書の中に、後宮で保護した女性のリストがあった。

もちろん速攻でミラルディア大学の史学研究室に回した。今後の研究が非常に楽しみだ。

……話が逸《そ》れてしまった。

「そういう歴史的な背景もあるから、後宮という響きだけで決めつけるのは失礼だ。己の不勉強を恥じたまえ」

「は、はい……」

「申し訳ありません、ヴァイト教官」

とはいえ、ヨシュアたちが非常識かといえば、そうとも言い切れないところだ。他国の歴史なんて詳しくないのが当たり前だからな。

みんなそれぞれに自分の課題を認識したようだし、今日はもうこれでいいだろう。

俺はシリンたちを帰らせることにした。

なお、猫人たちは警備責任者のファーンがまとめて持っていった。「責任をもってもふり倒すから！」と言っていたが、俺がやって欲しいのは訓戒だ。まあいいか。

彼らが退室した後、俺はシュマル王子とティリヤだけを残す。

「殿下、立派になられましたな」

「は、はい。母には常々、『ミラルディアの黒狼卿のように強く誠実な男になりなさい』と言われておりました。こうしてお会いできて光栄です」

「こちらこそ光栄です。この十五年間、殿下の無事な成長をミラルディアの地で祈っておりましたよ」

「あ……ありがとうございます。あまたの武勲を持つ人狼族の猛将と聞いておりましたので、もっと恐ろしい方かと思っておりましたが、とても優しそうな方で安心しました」

安心したという割にはガチガチに緊張してませんか。

外交の場では君の方が偉いんだから、もっと堂々としてもいいんだよ。

もっとも今の俺はミラルディア大学の教官、彼は留学生という立場なので、俺は先生として彼に接する。

「亡きパジャム二世陛下は、文化と平和を愛され、家族愛に満ちた御方でした。殿下にもパジャム二世陛下の面影があります」

極力遠回しに表現したが、「君ってお父さんそっくりで異性関係のトラブル起こしそうだね」という意味合いも込めている。

現在、クウォールの政情は安定していて、諸侯が会議を開いて国の運営を行っている。

ただやはりこれも問題があり、諸侯の権益争いの場になることも多い。みんな自分の一族や領地が大事だからな。

本来なら王がビシッと会議を取りまとめ、利害を調整する必要があるのだが、王位は空席のままだ。やはり王家による調整力が不足している。

だからシュマル王太子は早く即位し、諸侯の間に立って奮闘しなければならないだろう。

我が子を留学させて、最先端の知識と他国との人脈を手に入れさせたいというファスリーン妃の悲願。

俺も親の立場になったから気持ちはよくわかる。

なんとかしてあげないとな。

「シュマル殿下、フリーデたちは粗野で浅学非才ではありますが、殿下と切磋琢磨する良い学友になるでしょう。いえ、そうしなければなりません」

「しなければならない、ですか？」

「ええ」

本音を言えば、俺にどうにかしてあげられる自信がなくなったのだが、そこは狡猾な大人として

伏せておく。

「王として一国を治めるつもりなら、自分と意見を共にする者、自分に従う者だけを統率する訳にはいかないのです。異なる価値観や志を受け止めた上で硬軟両面で策を使い分け、全ての者を服従させねばなりません」

言うだけなら簡単なので言う。

実践できる者はごくわずか。王者の資質を持ち、訓練を積んだ者だけだ。

「殿下、まずはフリーデたちとうまくつきあっていきなさい。クウォール諸侯の手強さは、あんなものではありませんぞ」

シュマル王子は緊張しながらうなずく。

「は、はい。閣下のお言葉、我が心臓に刻みます」

いい子だな。よし、後は任せた。

それにしても俺、歳を取れば取るほど、こんなごまかしばっかり上手になっていくな……。

こんな有様じゃ、俺なんかさっさと引退した方がミラルディアのためだろう。

あ、そうそう。

「それとフリーデを後宮に誘って頂けたこと、我がアインドルフ家の名誉といたします」

「あ、いえ……その、申し訳ありませんでした」

恐縮しまくっているシュマル王子。

悪気がないのはわかっているから、怒る気にはなれない。

「それにしても殿下、うちの娘の何が良かったんです？」

「えっ!?」

シュマル王子は意外そうな顔をする。

それから彼は真顔で、しかし少し照れながら答えた。

「フリーデ殿は快活にして聡明、そしてとても可憐ですから」

親として否定はしないし、そう言ってもらえると嬉しいのは嬉しい。

でもそれなら、同じぐらい魅力的な少女はいくらでもいるだろう。

そう思って次の言葉を待っていると、王子はにっこり笑った。

「それにフリーデ殿は優秀な魔術師で、魔撃銃なる兵器の使い手とも聞き及んでおります。さらに人狼の腕力を持ち、格闘術も達人だとか」

「ええ、まあ……」

「美しいだけでなく、とても強い。いかなる苦難にも共に立ち向かえるでしょう」

うん、それも親として否定はしないけど。

うちの娘をゴリラ女みたいに言わないでくれないかな？

すると彼は俺の表情を読んだのか、少し気まずそうな顔をする。

「すみません。母は自身に戦う力のないことを悔いており、妃にするなら強い女性にしろと常々申

しております」

「ファスリーン殿が？」

「はい。自身に戦士や軍師の才があれば、父をむざむざ死なせなかったのにと……」

どのみちあのとき懐妊中だっただろう、ファスリーン。

夫を殺されたことがトラウマになっているらしいが、息子の教育が少し変になってないか？

とはいえ、俺はパジャム二世暗殺を阻止できなかった負い目がある。

だから俺はにっこり笑い返し、こう言うことしかできなかった。

「強さとは武勇だけではありません。ファスリーン殿はとても強い御方ですよ」

芸術や家事しか身につけていなかった美妃が、夫を亡くした後に我が子を王太子として育て上げたのだ。

俺も親だから、ファスリーンがどれだけ強く立派だったかはよくわかる。

「ま、難しい話は講義のときにしましょう。改めてようこそ、ミラルディアへ。これから二年間、共に学びましょう」

「はい！」

そうそう、大事なことを伝え忘れていた。

「私の部下のクメルクが、殿下への私的な謁見を希望しております。できれば二人きりでお会いしたいと」

「クメルク殿というと、ロッツォの港でお迎えに来てくださった高官の方ですね」

そう。クウォール出身で、ある傭兵隊の副官を務めていたクメルクだ。彼の隊長であるザカルがシュマル王子の父、パジャム二世を暗殺した。

どうやらシュマル王子はまだ、そのことを知らないようだ。

「お会いになるかどうかは殿下の御判断にお任せするしかないのですが、一教官としてはお会いになることを強くお勧めします」

「なぜでしょうか」

「彼はクウォール王家と深い関係があります。詳しいことはクメルク本人が説明するでしょう」

彼がどこまで語り、何を黙するのか。自らの過去とどう向き合うのか。それは彼の判断に任せるしかない。

シュマル王子は真面目な表情で俺をまっすぐに見上げる。

「わかりました。人と会うのが王の務めだと母が申しておりましたし、ぜひお会いしたいです」

「ありがとうございます、殿下」

シュマル王子は侍従のティリヤに向き直る。

「僕は少し行ってくる。君はここで待っていてくれ」

ティリヤは一瞬、ひどく不快そうに眉をひそめた。

「危険ではありませんか？　殿下はその辺の草より貧弱ですし」

「そんなに貧弱じゃないよ!?」

思わず声をあげたシュマル王子だが、俺の視線を気にして慌てて口を押さえた。仕草がいちいち可愛いな。

シュマル王子は諭すようにティリヤに言う。

「もし少しでも危険があるのなら、ヴァイト殿が取り次いだりはしないよ。ヴァイト殿はクウォール王家の守護者だ。王家に反抗的な領主でも、ヴァイト殿の意向は無視できないぐらいだからね」

俺の扱い、向こうじゃそんなことになってるのか。

ティリヤは俺の顔を見て、それから溜息をついた。

「じゃあ何があっても自分の身は自分で守ってください。殿下が死ぬと俺の氏族が困るんで」

「少しは僕の身を案じてくれよ」

「危険はないんでしょう？　ほら行って行って」

この侍従、主君の扱いがメチャクチャ雑だな。だが二人の間には深い信頼関係があるように見える。

「君もヴァイト殿に粗相のないようにね？　特に馬糞……」

「それ以上言ったら俺が殿下にとって最大の危険人物になりますよ」

深い信頼関係……。

まあでも俺とパーカーのやり取りに似ているから、きっとそういう関係なんだろう。

シュマル王子が退室した後、ティリヤは俺を振り向いた。

「お久しぶりです、ヴァイト殿。……『お久しぶり』で合ってますか？」

「ああ、久しぶりだな。立派になったな、ティリヤ」

俺は懐かしさに目を細める。

「父上に似てきたな。ルカン殿は息災か？」

「はい、メルカの族長として多忙にしております。ヴァイト殿のことは氏族の皆からよく聞かされました」

「ははは」

ティリヤはクウォール奥地の遊牧民、メルカ族の族長の長男だ。

彼がまだ一歳の頃、メルカ族とペシュメット領の農民たちとの間で牧草地をめぐるトラブルが起きた。

ちょうどそのときにクウォールを訪問していた俺が仲裁を受け持つことになり、まあなんやかんやあって問題は解決した。

今ではメルカ族はペシュメット公の良きビジネスパートナーとなり、交易路の案内役や騎兵戦力の提供など、ペシュメット領になくてはならない存在になっているという。

「ティリヤはヴァルケル殿の建てた学校で学んだと聞いているが」

「はい。ヴァルケル校長には文武両面で御指導頂き、大変お世話になりました」

元傭兵のヴァルケルは今やクウォール屈指の実業家だ。ペシュメット公の家老的なポジションに就いているそうだが、校長先生もやってるのか。そのうち歴史の教科書に載るな。

「ヴァルケル殿は人徳があるし、傭兵として広い世間を見てこられた方だ。良い師に恵まれたな」

「おかげさまで王太子殿下専属の侍従に推挙され、こうして再びお目見えできました」

涼しげな美青年が微かに微笑んだ。王子のことになると急に表情が豊かになるな。

俺は評議会が入手した外交機密情報を少し教えてやる。

「シュマル王子に遊牧民の親友がいると聞いていたが、君のことだな？」

「親友ではありません。あくまでも侍従です」

ちょっと拗ねたような顔をしている。素直になれないお年頃か。

俺がニヤニヤしていると、ティリヤは補足説明の必要を感じたらしい。

「ペシュメット公の庇護を受けているとはいえ、メルカの氏族は他氏族や農民の間で不安定な立場にあります。王家、しかも次期国王に取り入る機会など見逃しませんよ」

「うんうん」

正しい判断だ。

だがクウォール王家もお人好しの集団ではない。特に王妃ファスリーンは夫を暗殺され、自身も命を狙われた経験がある。そう簡単に余所者を迎え入れたりはしないだろう。

　つまり眼前のこの若者は、そのリスクに見合うだけの価値を持つ人材だ。少なくともクウォール王家はそう判断した。

だとすれば俺もミラルディアの利益のためにティリヤを取り込んでおく必要があるな。

それに彼とは因縁がある。

「君が昔、俺に馬糞をくれたとき……」

「その話は勘弁してください」

　ティリヤが初めて困ったような顔をした。

「一歳のときの話なんですから、もうそろそろ勘弁してくれませんか」

「俺がこの話をするのは初めてなんだが」

　十六年ぶりに会ったんだから当たり前だ。

　しかしティリヤはうつむき加減に呟く。

「ヴァイト殿に燃料用の干し馬糞を差し上げた話、もう千回は聞かされました」

　そんなに。

「父も母も祖父も長老衆も言いますし、街の人たちも言いますし、ヴァルケル校長もペシュメット公も仰いますし」

「それは気の毒だな。でもみんな、そのことを誇らしく思っているんだよ」

　自分で言うのもなんだけど、一応これでもミラルディア魔王の副官だからな。ミラルディア連邦

ではまああの要人ということになる。

なお自覚はない。

ティリヤはぶつぶつ呟いている。

「なんだか美談みたいになってますけど、よくある赤ん坊の日常じゃないですか。なんで『歩み寄ることの大切さを示した』だの『本当に価値あるものを知っている』だの、もっともらしい理屈をつけてるんですか。みんなどうかしている……」

でも美談ってそういうもんだよ。

俺はティリヤに笑いかけた。

「あのとき君の父上は君の態度を見て、農民たちと和解する決心をしたそうだ。君自身は何も考えていなかっただろうが、君の存在が歴史を動かしたことは事実だよ」

赤ん坊への接し方を見て、メルカ氏族の人々も俺への態度が柔らかくなった。ティリヤの存在が場を和ませたのは間違いない。

俺は続ける。

「そして今、君は自らの努力と実力で王太子の侍従となり、ミラルディア魔王の副官の前にたどり着いた。君が赤ん坊の頃のままだったらそんなことはできなかっただろう。馬糞の逸話も忘れ去られていたかもしれないな」

その言葉にティリヤはハッとしたようだ。

「つまり俺が、いえ私が殿下の侍従になったからこそ、あの恥ずかしい逸話が語り継がれているということですか？」

「そうだろうな。君が幼少期から周囲の期待に応え続け、今に至るまで努力を怠らなかったからだろう」

そうでなければ魔王の副官と無名の赤ん坊の話でしかない。

「君はもう、馬糞を握って笑っていた無垢な赤ん坊ではない。クウォールの未来を担う若き英才の一人だ。本当に立派になったな、ティリヤ」

「……はい」

ティリヤは少しうつむき加減になり、声にちょっぴり涙をにじませた。

＊　＊

「十七年目の恩赦」

シュマル王子は別室で外交官のクメルクと会っていた。

「殿下、お呼びだてして誠に申し訳ありません。二人きりの謁見を御許可頂き、心より感謝いたします」

クウォール系の中年男性が右膝を突く。貴人に対する最も格式高い挨拶だ。仕草のひとつひとつも丁寧で好印象だった。

(誠実そうな人だ。でも、僕に何か負い目を感じているように見えるな……？)

シュマル王子は直感的にそう思い、なるべく穏やかに接する。

「いえ、ここまでの道中も大変お世話になりましたし、むしろ直接お礼を申し上げたいと思っていたところです。本当にありがとうございました」

「なんというお心遣い、誠にありがとうございます」

深々と頭を下げるクメルク。やはり何かあるなとシュマル王子は感じていた。

「どうかお顔をお上げください。ヴァイト殿の側近たるクメルク殿に右膝を突かせる訳には参りません」

「いえ、本日は謝罪のために謁見を願い出たのです」

(やっぱりそうなんだ。でもどうして？)

シュマル王子はクメルクのことをあまり知らない。

ミラルディアに移住したクウォール人はそれなりにいて、一部が評議会や太守に雇われていることとは知っている。

クメルクもその一人で、クウォール沿岸部のバッザ出身だ。裕福な商家の生まれだが、傭兵をしていたときにヴァイトと知り合い、そのまま仕官したと聞いている。

そんな彼が何を謝罪するというのだろうか。

クメルクは少し躊躇っていたが、やがてこう切り出す。

「私がかつて、王家にお仕えする傭兵だったことはご存じでしょうか？」

「はい。クメルク殿を知る者は皆、あなたのことを誠実で温和な方だと褒めております」

これは事実だ。彼の悪い評判など聞いたことがない。ミラルディアに渡った後も、祖国クウォールの発展に尽力してくれているらしい。そのことを教えておく。

「クメルク殿がクウォールに里帰りなされば、国賓として歓迎しますよ。バッザ公ビラコヤ殿も事あるごとに自慢しておられます。『うちの子は凄いのよ』と」

「そ、それは恐縮です」

目頭を押さえるクメルク。

そういえば気になることがあった。

「なぜ一度も帰国されないのです？　謝罪の件と関係あるのですか？」

「はい。御推察の通りです」

クメルクはうなだれ、肩を震わせた。

「十七年前、先王パジャム二世陛下が崩御された理由と関係あります」

シュマル王子はなるべく穏やかに語りかける。

「父が傭兵隊長ザカルに暗殺された件ですね」

「やはりご存じでしたか……」

「もちろん公にはされていませんが、息子の僕が知らないはずはありませんよ」

するとクメルクはこう言った。

「私は……私は、ザカルの副官でした」

「えっ!?」

これにはさすがに驚いた。

傭兵隊長ザカル。クウォール人の誰にも想像できない野心を抱き、最後には国王パジャム二世を暗殺した大悪人だ。王妃ファスリーンとその胎児、つまりシュマル王子の命まで狙ったと伝えられている。

だがザカルの一党のうち、陰謀に加担した者たちは一人残らず誅《ちゅう》されたはずだ。それを成し遂げたのが、魔王の副官と名高い黒狼卿ヴァイト。つまりクメルクの上司だ。

ちょっと混乱してきたので、シュマル王子は状況を整理する。

「クメルク殿がザカルの副官ということは、クメルク殿も父の暗殺に加担しておられたのですか?」

「いえ、そのようなことは決してありません！　もし知っていれば命に代えてでもザカル隊長を諫めておりました。王殺しが人の道に背くのはもちろんですが、そのような企てはザカル隊長自身も破滅させます。事実、その通りになりました」

まっすぐな瞳がシュマル王子に向けられる。嘘はなさそうだ。

「ではクメルク殿は副官でありながら陰謀をご存じなかったのですね」

「はい。その少し前から隊長と私は意見が対立することがあり、信用されていなかったのでしょう」

納得できる答えだ。クメルクの善良な人柄では、大悪人ザカルとは反りが合わないだろう。

そして陰謀に全く加担していないからこそ、誰もクメルクを裁かなかった。

ヴァイトが彼を外交官として重用していることからも、それは明らかだ。クメルクは対クウォール外交の政策顧問を務めており、その実績は高く評価されている。

（まさかクウォール王家が今さらクメルク殿を処罰するとか思ってないよね？）

ロルムンド帝室やミラルディア評議会、それにワの多聞院と比べると、クウォール王家はどうしても一歩劣るイメージを抱かれている。国王を暗殺され、内紛の処理に他国の助けを借りたからだ。

ミラルディアの介入がなければ王家がどうなっていたかわからない。

だがそれでも王家は王家。王家の裁きは絶対だ。もし王家がクメルクを許さないのであれば、どんな手段を使ってでも報いを受けさせる。たとえ戦争になったとしてもだ。

逆に言えば王家が問題ないと認めたからこそ、クメルクは他国の外交官をやっていられるのだ。

そこのところははっきりさせておきたいなと、シュマル王子も若輩ながら考える。これでもいずれは王家を背負って立つ身だ。

「王家はあなたを処罰しませんでした。それはあなたに非がないと認めたからです。クメルク殿に謀反の意志がなかったのであれば、僕もあなたを憎む理由はありません」

「ですが、私はザカル隊長と意見を交わせる立場にいました。自分を許すことができないのです」

その言葉でシュマル王子はふと気づく。

（もしかしてこの人、謝罪したいというよりも僕に許して欲しいのでは？）

だとしたらここは考えどころだ。シュマル王子は素早く考えを巡らせる。

「ザカルの傭兵隊のうち、陰謀に加担していなかった者たちは全て赦されました。王家の権限は強大ですが、叛意《はんい》なき者を罰することは天と人の道に背きます」

クウォール国内にいるザカルの元部下たちは王家に雇用され、多くはサトウキビ農園や製糖工房などで働いている。もちろん謀反人という扱いではない。

「クメルク殿にも叛意はありませんね？」

「もちろんです、殿下。ミラルディアの民となった今でも、王家への畏敬の念は強まる一方です」

彼の言葉が嘘ではないことは、彼のこれまでの行動が示している。

だったら話は簡単だ。シュマル王子は芝居がかった仕草と声で、こう宣言した。

「ならばパジャムの子、シュマルの名において宣言します。先王暗殺について汝クメルクに叛意はなく、あらゆる嫌疑に対して潔白であることを認めます。我が王家の力の及ぶ限り、汝の名誉は守られるでしょう」

二人きりの私的な謁見だから、宣言も公式も茶番のようなものだ。

しかしクメルクは感極まったように頭を垂れ、肩を震わせた。

「ありがとうございます……殿下……」

「これからも両国の架け橋として活躍してください。僕が国王になったら、あなたと外交の場で交渉するのを楽しみにしていますから。ただ……」

「なんでしょうか？」

不安そうなクメルクに向かって、シュマル王子は悪戯っぽく笑う。

「若輩者ゆえ、そのときはどうかお手柔らかにお願いしますね」

クメルクの双眸から涙が溢れ出した。

＊　　＊

俺はその顚末を、戻ってきたクメルク本人から聞いた。

「なるほどな。クメルク殿、お疲れ様」

「いえ、お恥ずかしい姿を殿下にお見せしてしまいました」

目を真っ赤にしたクメルクが照れくさそうに笑っている。

「まさかこの歳になって子供のように泣いてしまうとは思いませんでした」

「シュマル王子とクメルク殿が二人とも優しかったからだよ」

　思った通りだ。シュマル王子は人心掌握に長けている。一見すると隙だらけなのだが、それは高度な誘いの手だ。油断した相手を引き込み、心をつかんでしまう。

　クメルクはハンカチで目元を拭いながら、それでも気丈にこう報告した。

「殿下は私が謝罪ではなく、赦しを求めていることを見抜かれました。その上で王太子としての権限を行使し、私を正式に赦免なさったのです」

「なるほど、うまい方法だ」

　クメルクが本当に国王暗殺に加担していなかったかどうか、今さら蒸し返しても意味がない。クメルクは黒狼卿ヴァイト直属の外交官であり、政策顧問の一人でもある。彼を取り調べたり処罰したりする理由がない。

　だったらもう公式に赦免して、次期国王として度量の広いところを見せてやろう。そんなところじゃないだろうか。

　もちろん、シュマル王子自身が温和で寛容な性格をしているのも一因だ。彼が無益な復讐に傾倒しないよう、ファスリーン王妃は細心の注意を払って養育したという。

「ありがとう、クメルク殿。俺の無理な頼みを聞いてくれて」

「いえ、おかげで私も肩の荷が下りました。この十七年、殿下への負い目を忘れたことはありませんでしたから」

クメルクにシュマル王子と二人きりで会うよう頼んだのは俺だ。

シュマル王子の人柄と能力を見極めたいと思ったからだが、我ながら小賢しいことばかりしているなと思う。

だがおかげで彼の器が少しわかった。いい国王になりそうだ。

……今気づいたけど、これって多聞院がフリーデを試したのと全く同じだよな？

まさか自分が試す側になるとは思わなかったが、隣国の次期指導者がどういう人物かはやっぱり気になるもんだな。

「俺は殿下の侍従のティリヤと面談したが、こちらも立派な若者だった。彼の忠誠心は本物だろう。おそらくどんな買収も脅迫も通じない。殿下に危険があれば戦神とでも戦うだろうな」

「素晴らしいことです。遊牧民の忠誠までも得るとは、真の王の器ですな」

クメルクはとても嬉しそうだ。なんだかすっかりシュマル王子のファンになってない？　困るよ、外交官がそんなんじゃ。

でもクメルクとシュマル王子が仲良しになれば、クウォールとの外交は今後ますます円滑になるだろう。クメルクならミラルディア外交官としての責務を忘れたりはしないはずだ。

俺はクメルクに笑いかける。

「シュマル王子の留学中、面倒を見てやってくれないか？」

「お任せください。殿下には親ミラルディア派になって頂きましょう」

クメルクはニヤリと笑う。外交官の顔だった。

やっぱり頼もしいな。

＊　＊

「鬼侍従ティリヤ」

(遅いな)

先に控え室で待っていたティリヤは、もう何度目かの溜息をついた。

そこにようやくシュマル王子が戻ってきた。

「ただいま。もしかして結構待った？」

ティリヤはじろりと主君を睨む。

「大変待ちましたが、待つのが俺の仕事なので問題ありません」

「ごめんごめん、クメルク殿から父上の件で謝罪されちゃってね」

明るく笑うシュマル王子だったが、ティリヤは即座に反応した。

「まさかクメルク殿が陰謀に加担していたんですか？」

「違うよ。クメルク殿はザカルの副官をしていたそうだけど、何も知らなかったそうだ。ただやっ

ぱり道義的な責任を感じてたみたいで」

気にすることはないのに、とティリヤは思う。弱い王は悪い臣下に殺される。それだけだ。だからこそ、王は強くなければならない。弱ければ鍛え、鍛えても補えない部分は信頼できる臣下に任せる。

しかしシュマル王子はまだまだ心身の鍛錬が足りない。ティリヤはそれを危惧している。

「殿下ももう少し体を鍛えましょう」

「なんで急にそんな話に!?」

驚くシュマル王子にティリヤは真顔で告げる。

「弓術でも馬術でも剣術でも俺に一度も勝てない弱い王では、この先が思いやられます。暗殺されても知りませんよ」

「僕が君に勝てる必要あるかな……ていうか、君に勝てる人なんかそうそういないと思う」

シュマル王子が上着を脱いだので、流れるような動作でそれを受け取って壁に掛ける。振り向くとちょうど王子が椅子に座ろうとしていたので、さりげなくエスコートした。

「ありがとう、ティリヤ。ところで君が世間で何て呼ばれてるか知ってる？」

「農民たちが『鬼侍従』だの『荒ぶる常識』だの『遊牧民の逆襲』だの呼んでいるのは知っています」

「知ってるんだ……」

苦笑するシュマル王子に、ティリヤは顔を近づける。

「良いですか、殿下。ここはクウォールではありません。安全な王宮でぬくぬく育ってきた甘やかされ王子にとって、あまりにも過酷な環境です」

「そうかな？」

首を傾げるシュマル王子。ティリヤはさらに顔を近づける。

「そういうところが甘いんです。俺がミラルディア人なら、殿下は今頃バラバラにされて部位ごとに市場に並んでいますよ」

「ミラルディアの人はそんなことしないよ!?」

「するかもしれないという警戒心は常にお持ちになってください」

ここは外国、しかも魔族が支配する地だ。どんなことが起きるかわからない。ティリヤは警戒心を捨てずにいた。

(何かあれば俺一人で殿下をお守りして港までお連れしなければ)

シュマル王子は溜息をつく。

「そんなに気を張っていたら疲れちゃうだろう？　ティリヤは心配性すぎるんだ」

「こんな隙だらけの貧弱クソ雑魚王子にお仕えすれば、誰でもこうなります」

「いつものことだけど酷くない？」

お気楽に笑っているシュマル王子。こんなやり取りも日常なので、もうすっかり慣れっこだ。

ティリヤは仏頂面で応じる。

「殿下に死なれると立場上困るんですよ」

「それはわかってるよ。だから僕が即位したら、君の氏族……いや」

シュマル王子は首を横に振り、こう言い直した。

「遊牧民全てが安心して暮らせる国にしよう。農民も遊牧民も互いに尊重しあい、同じクウォールの民として豊かになれる国にね」

ティリヤはしばらく無言だったが、やがてこう言う。

「留学中、俺が責任をもって殿下を徹底的に鍛え直します」

「今の流れでどうしてそうなるのかな……？」

（こんな名君、絶対に暗殺させる訳にはいかないからな）

そう思ったティリヤだったが、もちろんそれは言わなかった。

ちょっと恥ずかしかったからだ。

＊　＊

こうして俺たちは、最高に重要で最高に厄介な留学生を迎えることになった。

フリーデ、仲良くしてあげてくれよ。

そう思っていたのだが、やはり前途は多難なようだった。

「ミラルディアでは砂糖菓子の贈答に特別な意味はありません。何を舞い上がっているんですか殿下は」

講義室の後ろの方で、ティリヤが冷たい眼差しを主君に向けている。

その視線の先では、クウォール王家唯一の男系男子が情けない顔をしていた。

「ミラルディアに来てから、僕への風当たりが一層強くなってないか？」

「お気づきになられましたか」

ほう、と感心しているティリヤ。凄い態度だな。

だが俺は知らん顔をして講義の後片付けをしていた。どれも大学の貴重な蔵書、最先端の研究書ばかりだ。俺の前世ほどの水準ではないけど……。

シュマル王子の周囲にはフリーデたちのグループが集まっている。

フリーデが困ったような顔をして手を振っていた。

「いやほんと、クウォールの習慣を知らずに受け取った私が悪いんだから……もう許してあげてね？」

フリーデの精一杯の気遣いに対して、恭しく一礼するティリヤ。

「お心遣い恐縮です。しかしここはミラルディア。我々クウォール人の慣習など通用しません。そ

のことを殿下に思い知らせます」

　彼は王子に向き直ると、信じられないほど冷たい口調で言い放った。

「王の非礼はクウォールの非礼、王の無知はクウォールの無知です。即位してからでは手遅れですから、こういうときにきっちりシメておきませんと」

　露骨に怯えるシュマル王子。

「シメる？　今、シメるって言ったよね？」

「ええ、ブチ転がして反吐《へど》を吐かせて差し上げます」

　侍従が最大の恐怖となって王子に迫る。いやあ青春だな。

　そのとき、俺の傍らにユヒテがやってきた。騒ぎを抜け出してきたらしい。

「先生、よろしいのですか？」

「いいんじゃないかな」

　広々とした講義室の片隅に追い詰められ、シュマル王子が引きつった顔をしている。追い詰めているのは、もちろんティリヤだ。

　その後方でシリンとヨシュアとイオリの三人がうんうんとうなずいていた。

「当然の報いだよ」

「ティリヤがやらなきゃ俺がやってた」

「運のいい人です」

俺はその様子を見て、ユヒテに笑いかける。

「ほらな？」

「何がどう『ほらな？』なんでしょうか」

首を傾げているユヒテに俺は教えてあげる。

「ティリヤが先頭に立ってシュマル王子を叱責しているだろう？　もしティリヤが逆に王子をかばっていたら、どうなっていたと思う？」

その言葉にユヒテがハッとする。

「ああ、確かに……。ますます関係が悪くなりますね」

「そうなんだよ」

シュマル王子は基本的に隙だらけなので失言が多い。礼節と優しさを兼ね備えているので大した問題にはならないのだが、それを厳しく咎めるのがティリヤだ。

ティリヤが指をポキポキ鳴らしながら主へと一歩踏み出す。

「級友の皆が寛容なのを良いことに、殿下は朝から晩まで無礼の限りを尽くしくさっておられます。口で言っても理解できないのなら、体に叩き込んで差し上げましょう」

「待ってよティリヤ、僕になんか恨みでもあるの？」

「別に恨みはありません。これも侍従の務めです」

遊牧民の誇る馬上レスリングの技で、ティリヤがシュマル王子を締め上げている。ガッチリ極ま

っていて抜け出す余裕はなさそうだ。

「こ、講義室で乱闘はダメだ……こら、やめなさい、ティリヤ……」

「これは乱闘ではなく、俺が一方的に殿下を締め上げているだけです」

「もっとダメだよ、それ……」

だが俺も人狼式レスリングの使い手なのでわかる。あれは見た目ほど危険でもないし、痛くも苦しくもなさそうだ。

シュマル王子もわかっていて苦しそうにしているな。

一方、外野は拍手喝采だ。

「因果応報というヤツだね」

「いいぞティリヤ、締め落とせ！」

「もう少し激しくても……いえ、これぐらいがいいですね」

ワの柔術である具足術を修めたイオリは、締め技の掛かり方が甘いのを見抜いたようだ。しかし野暮な指摘はせずに苦笑している。

人狼式レスリングを使うフリーデも安心した様子だ。

「うん、そうだね。これぐらいならいいか」

「良くはないんだけど……うっく！」

シュマル王子がギリギリ締め上げられていく。実際には負荷は肋骨や筋肉などに分散されており、

窒息や脱臼の心配はない。シュマル王子もああ見えてかなり鍛えている。

だが格闘技の心得のないユヒテは珍しくおろおろしていた。

「さすがに国際問題になりませんか？」

「クウォールの侍従がクウォールの王子を締め上げているだけだから、まあ大丈夫なんじゃないかな。本当に危険になったら止めるよ」

ああやって彼がシュマル王子に一番厳しくしている限り、シュマル王子が学友に嫌われることはないだろう。もし不満やトラブルがあっても、みんなティリヤに相談しに来るはずだ。

ティリヤはそこまで考えた上で、本当の意味で王子を守る盾になっている。

「ティリヤは本当に立派になったなあ」

「王子を締め上げる侍従がですか？」

「うん」

彼のような忠臣を得たことはシュマル王子にとっても、そしてクウォールやミラルディアにとってもありがたいことだ。

ユヒテが心配そうに口を開く。

「先生、本当にいいんですか？」

「ぜひこのままでお願いしたいな」

やがて見かねたフリーデが割って入り、よれよれになったシュマル王子はようやく解放された。

シュマル王子とティリヤは大学に順調に馴染んできたが、学業の成長もめざましいものがあった。

今日は政治学の単位認定試験を行っていて、俺も現役政治家として試験官を任されていた。

今回は「王に議会は必要か」という議題で議論してもらい、実践的な知識と弁論術を見る。けど、そんな知識も技術も俺は持ってない……。採点表を片手に冷や汗をかいている。

そして肝心の議論はというと、ちょっと脱線しかかっているのが気がかりだった。

「議会など不要でしょう。王の手を縛れば、それだけ政治手腕を鈍らせることになります。顧問団がいれば十分です」

ティリヤが発言し、シリンとヨシュアがうなずく。

「魔族も強者には絶対服従です。強者でなければ皆を守れません」

「狩りをするのも冬を越すのも、強くて頼れる長がいれば安心だからな」

一方、フリーデたちは違う意見だ。

「王様ひとりに全部押しつけるのはかわいそうだよ。みんなで相談する方が良いと思う」

フリーデがそう言うとイオリが賛同する。

「はい。何事も合議によって決めるのが一番良いかと」

シュマル王子もそれに続いた。

「そうだね。王が暴走したときに止めてくれる人は欲しい」

　調停役のユヒテが両陣営の意見をまとめた。

「なるほど、どちらの言い分にも一理ありますね。これは優劣や勝敗を決める場ではありませんので、もう少し考えてみましょう」

　俺は試験官としてみんなのやり取りを評価するので、黙って見ている。みんなしっかり成長しているな。

　ユヒテはこう言う。

「では今度は主張を入れ替えてみましょう。相手陣営と資料を交換し、相手陣営の正しさや自陣営の問題点を考えてみてください」

　するとフリーデが真っ先に挙手した。

「はい！　やっぱり王が率先して決断しないとダメです！　人数ばかり多くても何事も決められません！　昨日だってどこにお昼を食べに行くか、さんざん揉めたでしょ？」

　変わり身が早すぎる。でも説得力はあるな。大学の正門前で三十分ぐらいうだうだ揉めてたのを見た。

　フリーデはさらに言う。

「人材の育成にかける手間も、王一人に注ぎ込んだ方が効率がいいです。議会を作るのには大勢の政治家が必要だけど、それにどれぐらいの人手と費用がかかるか。人選も大変です」

　現魔王の娘が政権批判をしてるぞ。いいぞ、その調子だ。

するとティリヤが受けて立つ。

「いかに優れた王であっても、独断では大きな過ちを犯しやすいですよ。シュマル王子を見てください、昨日の昼食を食べきれずに俺に食わせました。俺があれだけ『それ多いですよ』と言ったのに」

こっちも鮮やかな変わり身だ。

相手側の主張に立つためには、相手の主張を深く理解している必要がある。自分の考えに固執しない柔軟さも必要だ。

とても十代とは思えない、しっかりした議論だ。少々身内ノリを感じるが、まだみんな若いから大目に見ておこう。

議論がだんだんグダグダになってきたところで俺は試験終了を告げた。

「よし、そこまで。非常に良かった。シュマル王子とティリヤ、それにイオリの三人はここに来て日が浅いが、基礎がしっかりしているな。全員合格だ」

さすがにみんな祖国を背負って立つ人材だけあり、俺の高校時代なんかとは訳が違う。みんな優秀だ。

「教える側としては楽で助かるよ」

するとヨシュアが少し気になっている様子で質問してきた。

「結局この議論、どっちが正しいんですか？」

「どっちだろうな」

俺は腕組みして考え込む。

「近年、どの国にも議会的な組織が作られた。ただし実態は様々だ。ワのように議会が主導する国もあるし、ロルムンドのように最高指導者の権限が強い国もある」

議会として最も強いのはワの多聞院だろう。形式的には評定衆の筆頭が国家元首だが、何事も評定衆の合議でしか決定できない。

一方、ロルムンドは女帝エレオラが独裁体制を敷いている。ただし彼女も共に戦った十四人の功臣の意見を重んじており、近年ではそれが小さな議会として機能していた。

「今のところ、どの国の政治形態もうまくいっているようだ。つまり『正解』はいくつもある。ただどの国も問題を抱えているから、『完璧な正解』はひとつもない」

俺も政治に携わるようになって二十年ぐらい経つが、まだわからないことの方が多い。

「こういうことに簡単でわかりやすい解決法はないと思った方がいい。だから多くのことを学び続けるんだよ。これからもずっとな」

「はい」

全員が真剣な表情でうなずいた。

＊　　＊

「戦球場の誓い」

ミラルディア大学には広いグラウンドがある。士官科の軍事教練や、魔術科の野外実験などに使うからだ。

その広大なグラウンドを疾走しながら、シリンは楕円形のボールをヨシュアに投げた。

「ヨシュア！」

「おう！」

ボールをキャッチした瞬間のヨシュアに、横から稲妻のようにシュマル王子がタックルしてくる。

「今だ！」

変身すれば人狼のヨシュアが人間に負けることなどありえない。だがルールの制約で変身できず、しかも上に注意が向いていたヨシュアはタックルをかわせなかった。

「うわぁっ!?」

甲冑姿の二人は地面に転がり、もうもうと砂煙をあげる。

立ち上がったのはシュマル王子だった。

「ヨシュア、何してるんだよ!?　立て！」

シリンが叫ぶが、ヨシュアはひっくり返ったままだ。目を回しているようだった。

仕方なくシリンは駆け出すが、そこに割って入った者がいる。相手チームのティリヤだ。

「通しません」

「いいや通るよ」

ティリヤとシリンは甲冑を激突させ、激しく揉み合う。二人とも格闘戦には熟達しており、互いの隙を突こうとめまぐるしい攻防が繰り広げられる。

一方シュマル王子はそれを後目《しりめ》に猛然と駆け出し、ボールを抱いたまま敵陣に向かう。

「させませんよ」

シュマル王子の死角から、イオリが滑り込むように駆け込んできた。

「あっ!?」

相手が女性なのでシュマル王子の動きが一瞬鈍る。一般的なクウォールの女性は男性と組み討ちをしないので、シュマル王子はどうしても戦うのを躊躇う。

だがイオリは容赦なくシュマル王子の甲冑に手を掛け、そのまま後方に大きくジャンプした。自分の体を放り投げることで、シュマル王子を引き倒そうというのだ。

「うわわっ!?」

すんでのところで転倒しかけたが、シュマル王子は自らもイオリのジャンプに合わせることでバランスを維持する。ティリヤの馬上レスリングには騎馬の勢いを利用した投げ技があり、そのときの経験が生きた。

イオリの着地とほぼ同時にシュマル王子も着地し、受け身で一回転して立ち上がる。

イオリは強引なジャンプが祟ってバランスを崩し、まだ起き上がれていない。だがすぐに起き上がってくる。彼女は強敵だ。

シュマル王子はボールを手にして叫ぶ。

「フリーデ！」

「任せて！」

起き上がってきたイオリに組み付かれる寸前、シュマル王子はフリーデにボールをパスする。

「よおっし！」

空中でボールをキャッチしたフリーデが笑う。

こうなるともう誰にも止められない。

やがてプオォーと笛が吹き鳴らされ、フリーデたちのチームに点数が加算された。


練習試合の後、シュマル王子の左右にシリンとヨシュアが座る。

「王子様のくせに、やたらと強いな……いてて」

ヨシュアの擦り傷に、輝陽教神官になったユヒテが包帯を巻いているところだ。

シュマル王子は濡れた布で顔を拭きながら、日焼けした顔で笑う。

「王族は常に暗殺の危険があるからね。それにいざとなれば戦場に立つ覚悟も必要だし」

　するとと横からシリンが口を挟む。

「だから言っただろう、ヨシュア。王子に警戒しろって。王子は相当な修練を積んでるよ。それもかなり実戦的だ」

「でも俺だって、人狼隊で毎日ガチで鍛えてるんだぞ？　あそこで押し負けるなんて思わなかった……」

　しょげるヨシュア。

　そのやりとりを見ていたフリーデが、戦球用の甲冑を脱ぎながら悲しそうな顔をする。

「そういやシュマル王子のお父さん、暗殺されたんだよね……」

「うん、だから僕は父の顔を知らないんだ。でも母や側近たちが、王になることの大変さを教えてくれたよ。王が優れた戦士である必要はないけど、すぐ死ぬようじゃみんなが困る」

　そう答えるシュマル王子の表情は、どこか寂しげだった。

「僕の父も、フリーデの父上みたいに無敵の戦士だったら良かったんだけどね」

「確かにうちのお父さんは、ちょっと暗殺できないだろうね……」

　思わず納得するフリーデ。

　シュマル王子は苦笑してみせた。

「ヴァイト閣下には感謝しているよ。懐妊していた母を謀反人たちから守ってくれたんだから。僕と王家にとっては大恩人、父に匹敵する存在だよ」

「えへへ、じゃあシュマル王子は私のお兄ちゃんだね」

一人っ子なので何となく嬉しそうなフリーデ。

シュマル王子は少し落胆した表情になるが、すぐにまた笑顔を取り戻す。

「僕もヴァイト閣下のように、強く優しく、そして清廉な男になりたい。そして父のように芸術と文化を保護する君主になりたいんだ」

シュマル王子は父王パジャム二世のことを、かなり好意的に伝え聞いている。

先王の美化は、クウォール王国の諸侯や諸勢力をひとつにまとめるためでもあった。

ミラルディアやロルムンドの少年少女たちは詳しい事情を知らないので、素直にそれを受け止める。

「うちのお父さん、クウォールの王子様からも尊敬されてるんだねえ」

「だから言っただろ？　君の父上は生きた伝説なんだって」

のほほんとしているフリーデに、シリンが呆れたように言う。

シュマル王子もそれにうなずいた。

「ヴァイト閣下のことは、諸侯も王家も感謝しているんだよ。民衆は父が暗殺されたことは知らないから、『海の向こうから来た隊長さん』ぐらいにしか思ってないようだけど」

するとヨシュアがふとつぶやく。

「あ、それならロルムンドも似たようなもんだな。ヴァイト様のことはよく知られてるけど、本当

の業績は上位の貴族や帝室関係者しか知らないから」

ヴァイトがロルムンドに残した業績の多くは、彼の意向で帝室の機密とされている。

ヨシュアとシュマル王子は顔を見合わせた。

「どっちの国でも、王位を巡る争いに介入して平和を取り戻してるんだよな……」

「そうらしいね。でもそれぞれの王室に配慮して、そのことは秘密にしてくれているんだよ」

ヨシュアは腕組みをする。

「俺があんな手柄立てたら、絶対にみんなに言いふらすけどなあ」

シリンもうなずく。

「武人なら軍功を誇りたくなるのは普通だからね。僕だってそうだ」

しかしフリーデは苦笑する。

「うちのお父さん、軍人だっていう自覚が薄いもん。学者になりたくてうずうずしてるし」

シリンは首を横に振った。

「ロルムンドもクウォールもワも、それに西の大樹海の魔族たちも、みんな黒狼卿ヴァイトの実績と人柄を信頼してる。おじ上がいるから、うまく収まってるんだよ。学者になられたら困る」

「それはお父さんも自覚してるみたいで、ずっと魔王の副官やってるよ。あはは」

フリーデの父はいつも『自分の立てた手柄が手枷になっている』と嘆いている。

するとそこに、スッと影が差した。

「だから引退して学者になるために、君たちの教育を頑張っているという訳だよ」

「お父さん!?」

誰にも気配を感じさせずに現れたヴァイトは、そう言って苦笑してみせる。

「ヴァイト閣下、いつのまに!?」

驚く少年少女に笑顔を向けるヴァイト。

「そんな訳で、フリーデたちにもいずれ本格的な任務を与えるぞ。他国で見聞も広めてきたし、学業も優秀で申し分ない。評議会も魔王軍も即戦力として期待している」

「任せて！　戦球で体も鍛えてるし！」

鼻息荒くガッツポーズを取るフリーデ。

ヴァイトは笑ってうなずき、競技場に転がっているボールを拾う。

「いい心がけだ。そういやお父さんは、最近ぜんぜん練習してないな……」

彼は戦球連盟、かつては戦球普及委員会と呼ばれていた組織の理事だ。

するとシュマル王子が目を輝かせた。

「でしたら、僕たちと一緒にやりませんか？」

「いやしかし、これから師匠のところで魔術の勉強会が……」

渋るヴァイトに、一計を思いついたフリーデが笑いかける。

「シュマル王子のタックル、お父さんでも避《よ》けられないかもしれないよ？」

「ほんとか？　そりゃ凄いな」

急に興味が出てきたのか、ヴァイトがボールを指先でくるくる回しながら笑う。

「試合形式は？」

よし食いついたとフリーデが即答する。

「黒狼式！」

「なんだっけ……ああ、試合用甲冑さえ着てれば何してもいいヤツか。人狼には変身できないけど、あれ軍事教練用だぞ」

「シュマル王子の希望で、最近はずっとそれだよ？」

「体壊しても知らんぞ……」

溜息をつくヴァイト。

だがシュマル王子の方を見ると、ヴァイトはにこっと笑う。

「よし、軽く一試合やってみようか！」

「やったぁ！」

「ぜひ手加減無しでお願いします、ヴァイト閣下！」

「僕もおじ上の本気を見たいので、全力でお願いします！」

大喜びする少年少女たち。

しかしその直後、彼らは伝説の黒狼卿の凄まじさを思い知らされることになった。

試合終了後、魔術書を抱えたヴァイトが笑顔で去っていく。

「運動不足だったから、久しぶりにいい汗をかけたよ。みんなも怪我には気をつけて」

「はい、ありがとうございました」

試合に参加していないユヒテが一礼している。

一方競技場には、ひっくり返ったままのフリーデ、シリン、ヨシュア、イオリ、シュマル、ティリヤ、そしてその他大勢のミラルディア大学生。

青空と流れる白雲を見上げながら、シュマル王子はつぶやく。

「メチャクチャだ……。人狼に変身してないのに、騎馬並みに速いなんて。全員で囲んでも捕まえられないし」

「うちのお父さん、強化魔法と人狼暗殺術の達人だから……」

対戦相手として久しぶりに父と勝負したフリーデは、寝転がったままヘルメットを脱ぎ捨てる。

打撃も組み討ちも魔法も何でもありの黒狼式戦球だが、父は一発も攻撃してこなかった。

あれはまだ、ぜんぜん本気じゃない。

父の本気を引き出せなかったのが悔しい。

スコアボードを見ると、二百六十八対七という前代未聞の点数がついていた。枠が足りないので、かなり窮屈に数字が書き込まれている。

シュマルチームの大勝利だが、シュマル王子も勝った気がしないだろう。シュマル王子自身の得点は確か三点ぐらいだ。

フリーデも隙を見て五点ほど取って父に一矢報いたが、もう立ち上がる力すら残っていない。

「お父さんが滅多に公式戦に出ない理由がよくわかった……。遠慮してたんだね」

反則スレスレのラフファイトでヴァイトに挑んだヨシュアは、地面に突っ伏したままだ。得意のスライディングやローキックがかすりもしなかったのが、相当ショックなようだ。

彼はぜえはあと息を整えながらうめく。

「クソッ……あれでもし人狼に変身したら、どうなっちまうんだ……」

汗だくのフリーデは、わずかに首だけ動かして答える。

「どこからボール投げても点が入るし、そのボールを止めようとしたら甲冑ごと穴が開くから死んじゃうよ。試合にならない」

「魔撃砲かよ」

「本当にメチャクチャだ……」

「劇の黒狼卿より本物の方が強いんじゃないかな……」

「たぶんね……」

それから一同は仲良く転がって青空を見上げる。

「次は黒狼卿の本気を見たいね、ヨシュア」

「おう、絶対にそうしてやる。シュマルはあのタックルをもっと磨けよ」

「シュマルもそうだけど、君は戦術を覚えないと」

「わかってるさ、シリン。ああ、悔しいなあ」

寝転がったままそんなことを言っている男子たちに、ユヒテとフリーデは思わず微笑むのだった。

＊　＊

学生たちと少し汗を流した後、俺はミラルディア大学の魔術研究室へと赴く。

大魔王でもあるゴモヴィロア学長の研究室もあり、定例の勉強会はここで行われていた。大学のゼミみたいなものだ。

俺が到着したときには、門下生があらかたそろっていた。

「おお来たか。これ、よさぬかメレーネ」

「珍しく今日は一番最後ね、ヴァイト」

評議員でもあるメレーネ先輩が、ちっこい師匠にべたべたくっついている。吸血鬼の女王とは思えない甘え方だ。相変わらずだな。

「窓から戦球で遊んでるのが見えたよ。僕の頭蓋骨もあれぐらい遠慮して投げてくれないかな？」

その隣に兄弟子の骸骨死霊術師、パーカー。無位無官ではあるが、一応ミラルディア大学で教職

を得ている。

死霊術でも教えるのかと思ったら、意外にも歴史学の講義を担当している。骨が教える歴史というのもなんだか不思議なものだ。おまけに授業内容は極めてまともだった。

「センパイ、後でボクとも試合しましょう！　センパイの本気はボクじゃないと受け止めきれないからね！」

そして工業都市トゥバーンの太守を務める人馬族のフィルニール。

門下生で唯一、魔法の使えない弟子だ。見た目はあんまり成長してないが、中身はだいぶ成長した……と言われている。

「なんでもいいから早くしてくれねえかな。この後、若い竜人どもに魔力工学の講義をしてやんなきゃいけねえんだ」

最後に弟弟子の兎人、魔具職人のリュッコ。最近は竜人の技師たちと交流を持つようになり、魔撃銃開発などで活躍している。

ゴモヴィロア門下生は他にもいるのだが、魔王軍とは距離を置いているのであまり会うことはない。大半の弟子は戦争や政治より研究の方が好きなので、魔王軍に在籍している俺たちの方が少数派だ。

本当は俺たちだって戦争や政治よりは研究の方が好きなんだが、師匠を一人で頑張らせる訳にもいかないからな。

俺はみんなを見回してから、師匠に向かって言った。

「大樹海の件で新しい報告があります。みんなも聞いててくれ」

俺はみんなに事態の概要を説明する。同門のみんなは理解が早く、簡単な説明で済むのが助かる。持つべきものは学友だ。

ミラルディアの西に広がる大樹海に謎の巨大生物がいるかもしれない。この第一報を受けた俺は追加の調査をさせていた。

評議会や魔王軍から人員を派遣したのはもちろんだが、切り札になったのは茸人族だ。

「茸人族は大樹海の最奥部からリューンハイトに来るまでの間、あちこちに胞子を蒔いて株を増やしてきました。それが通信網になって、かなり早く正確に情報を伝えてくれたんです」

くっついている茸人族同士は思考や記憶を共有するため、コロニーの中なら端から端まで超高速で通信できる。そもそも彼らは群体生物なので、個人という概念がない。

個体同士が離れている場所では、ひだを震わせる音や情報を封入した胞子などで通信できる。場合によっては、てこてこ歩く。

「実は茸人族も食害に遭っているらしいんです」

「食害って、茸人さんたち食べられちゃってるんですか!?」

フィルニールがびっくりしたように叫んだが、俺は手をヒラヒラ振る。

「心配するな、茸人は種族全体でひとつの意思を持つ生き物だ。多少食われたところで、髪の毛を

むしられた程度にしか感じてないだろう」

「ほえ〜……不思議な生き物ですね」

びっくりした様子のフィルニール。知性を持った群体生物なんて俺もびっくりだ。でももう慣れた。

「とにかく、何者かに食われながらも茸人族は情報を送ってきてくれた。それをまとめたのがこの報告書なんだが……」

俺は困り果てながら、それを机上に置く。

メレーネ先輩が手に取って首を傾げてた。

「何これ……『襲撃者の高さはリュンフォリオンテュカルのエペレット以上であり、クシリデオのポワーザスに酷似しています』ってどういう意味？」

こっちが聞きたい。

俺は頭を抱えながら説明する。

「茸人族の母語は古代語なんですよ。おまけに生活様式や思考形態の違いで、ミラルディア語にない単語があるんです」

すると師匠が事も無げに言う。

「『エペレット』は二の四乗じゃから十六倍じゃな。『リュン・フォリオン・テュカル』は『完成された森の低い枝』ぐらいの意味じゃから、極相林における陰樹の最も低い枝の高さを指しておるの

じゃろう」

さすが大賢者、何でも知っている。母語が古代語だから当然といえば当然だが。

ただ俺以外の全員が首を傾げているので、補足説明を入れておく。

「この辺りの森は最終的に『極相林』と呼ばれる鬱蒼とした暗い森になるんだ。高い木の枝が陽光を遮ってしまうので、低い場所には木も枝も生えない」

パーカーが頬杖をついて髑髏の顎をカコカコ動かす。笑ってるのかな。

「なんとなくわかった気はするけど、具体的にどれぐらいなのかわかりづらいね」

俺は溜息をついた。

「一事が万事この有様なんだよ。翻訳してると頭がおかしくなりそうだ」

ついでに「クシリデオのポワーザス」についても聞いておこう。

「続きはわかります?」

「『クシ・リデオ』は『双脚のトカゲ』じゃから竜人のことじゃな。『ポワーザス』は『原初』じゃから……まあ遠い先祖のことかのう」

知らないよ、わかんないよ。竜人の先祖ってどんな姿してたんだよ。むしろそっちの方が興味ある。

リュッコがトントントンとストンピングしながら要約した。

「要するにあれだろ、怪物の正体はでっけえ竜人なんだろ?」

「そういうことになるのかな……」

一応それで合ってるはずだが、どうもピンとこない。

メレーネ先輩が苦笑する。

「もう少し詳しく聞いてきた方がいいわね」

「わからない単語についてひとつ質問すると、謎の単語がふたつ出てくるような感じです。報告書が完成する前に分厚い辞書ができますよ」

異文化理解というのはなかなか難しい。

「茸人族の通信能力は魅力的だけど、魔王軍の戦力としてはまだまだ研究の余地があるね」

パーカーが腕組みして、溜息をつく仕草をした。生前の癖が残っている兄弟子を見ると、少しほっとするな。

俺もうなずく。

「そうだな。だから大樹海に行って様子を見てくれないか？」

「えっ？　僕？」

パーカーが骸骨の指で髑髏を指差す。他に誰がいるんだよ。

「他のみんなは魔王軍の仕事があるだろう？　兄弟子殿は暇そうだから、ちょっと見てきてくれよ。何があっても死なないんだし」

「いやいや、僕もミラルディア大学の教官やってるからね？」

知ってるよ。職員会議の席が隣だよ。あんな配置にしたヤツは誰だ。

「授業の空きは他の教官に埋めてもらう。大樹海は遠いから、そうそう何人も魔都から派遣できないんだ。パーカーなら護衛も道案内もいらないだろ？」

「びっくりして目が丸くなったけど、僕を雑に扱うことにかけては君は世界一だね」

「目はないだろ」

「そうそう、そういう会話に目がないんだ！」

なんで嬉しそうなんだ。気持ち悪いぞ。

俺は兄弟子に詰め寄り、その虚ろな眼窩を覗き込む。

「あんたは大魔王ゴモヴィロアの高弟として名を知られている。行けばみんなが安心するだろう。そういう意味での人選だ」

するとパーカーはぴたりと動きを止め、しばらく固まってからこう返した。

「まあ、それはわかっているよ。君に頼られるのは嫌いじゃない。期待には応えてみせるさ」


そんな訳で師匠の許可も取り、暇そうなパーカーを樹海に送り込むことになった。

俺は優しいので見送りも忘れない。

「これは新型の魔力通信装置だ。リューンハイトまで音声通信できる。使い方はわかるよな？　あんたの魔撃銃、蓄魔鋼がそろそろ交換時期だから新しいのも持って行け。ひとつ……いやふたつあ

った方がいいな。落とすと困るし」

「ああうん、大丈夫だよ？」

「それとこれが路銀だ。ちゃんと宿に泊まれ。必要なくてもベッドで寝ろ。そのへんの納骨堂に間借りするなよ。宿の人には礼儀正しくしろ」

「わかったから幼児扱いしないでくれる？」

幼児なら旅に出したりしない。

俺は昨日のうちに準備しておいた荷物一式をパーカーの上に積むと、昨日も言ったことを改めて申し伝えておく。

「現地に人狼隊と竜人の技官たちを派遣しているから、あんたの調査に協力するよう伝えておいた。みんなの邪魔だけはしないでくれ」

「ひどい言われようだけど、君がそういうときは本気で心配してくれてるんだよね」

幻術で作ったイケメン顔でニコッと微笑むパーカー。

うるさいな、さっさと行けよ。

「まあ……相手が何者かもわからないし、多少は。あんたは前にクウォールで行方不明になってたから」

「あのときは政情が不穏だったから身を隠していただけなのに、君は心配しすぎだよ」

そう言ってパーカーは俺の肩に手を置く。

「命あるものが僕に勝つことはできないさ。命のやり取りで僕が負けることはないからね」

兄弟子は生と死の理《ことわり》の外に飛び出してしまった。歩くバグみたいな存在だから、もう殺すことも蘇生させることもできない。

彼の境遇にちょっとしんみりしていると、パーカーはフフッと笑う。

「骨を惜しまず働いてくるよ。なんせもう骨しかないからね！」

「ああ、うん。早く行ってくれ」

心配なんかするだけ無駄だな。

パーカーは骸骨の手をヒラヒラ……というかカラカラさせながら、俺に挨拶した。

「やっといつもの調子に戻ったね。やれやれ、心配性の弟弟子を持つと骨が折れるよ。僕のことはいいから、生徒や部下の心配をしてあげて」

「うるさいな、もう」

誰が誰を心配するっていうんだよ。まったく。

早く帰ってこいよ。

＊　＊

「歪なるもの」

大樹海には「黄金の狂気」のような、病に侵された魔物も存在する。

だが一方で病を我が力として生存競争を勝ち抜いた魔物も存在していた。「牙蜥蜴《きばとかげ》」がそれだ。

牙蜥蜴はワニほどもある大型の肉食トカゲで、鋭い牙を持つ。

この牙には無数の病原体が宿っており、一度でも噛まれた者は感染症によって体力を奪われていく。弱った獲物はやがて、牙蜥蜴の胃袋に収まるという訳だ。

牙蜥蜴が引き起こす感染症はどんな種族にも有効だ。無数の病原体のどれかが対応している。無類の強さを誇る人狼も例外ではない。

そして何よりも厄介なことに、牙蜥蜴は群れを作る。爬虫類は哺乳類よりも消費カロリーが少ないため、群れを作っても餌不足にはなりにくいからだ。集団で襲いかかれば、獲物が全ての牙をかわすのは不可能に近い。

そして巨大な餌が豊富な大樹海では、その傾向が特に顕著だ。この大樹海の一角にも、数百匹の牙蜥蜴たちがひしめいていた。

つい先ほどまでは。

びちゃ、びちゃと水音が響く。だがここは水場ではない。音を立てているのは血だ。

牙蜥蜴よりも遥かに巨大な何かが、牙蜥蜴を踏み潰していた。

周囲には牙蜥蜴だったものが無数に転がっている。生きている牙蜥蜴は一匹もいない。

巨大な何者かは牙蜥蜴の死骸をついばむと、巨大な口で咀嚼を始める。

だがすぐにブッと吐き出す。まるで餌に興味がないかのようだ。

そしてまた、踏み潰し始めた。

静まりかえった大樹海の中に、びちゃ、びちゃと水音が響く。

＊　＊

パーカーに大樹海の調査を依頼し、俺はいつも通り慌ただしい日々を過ごす。

ミラルディア行政の仕事だけでも大変なのに、立法の仕事もこなさないといけない。ミラルディアは十年以上ずっと急成長を続けており、新しい問題がどんどん出てくる。法律が追いつかない。

もちろん思いつきで法律を作る訳にはいかないので、ミラルディア大学で学んだ若き法学者たちに法案を検討してもらい、それを評議会で審議する。

そのときの利害調整がまためんどくさい。新しい法律ができるときには、必ず利害の対立が生じるからだ。

「お父さん大丈夫？　紅茶飲む？」

フリーデが心配してくれたので、俺は紅茶を受け取りながら笑った。

「平和な時代もいいもんだが、面倒事が多くて参るよ。お父さんはあんまり優秀な文官じゃないか

らな」

「冗談が言えるぐらいには元気そうだね」

　冗談なんか言ってないのに。

　紅茶がこぼれると大変なので、書類の束を棚に避難させる。行政のペーパーレス化も課題だな。

「お父さん、また仕事の顔になってるよ」

　師匠とリュッコに相談してみよう。

「あ、うん」

　娘にだいぶ心配されてるな。

　俺はフリーデに笑顔を向ける。

「お父さんがやらないといけない仕事が多いから、しょうがないんだよ。若い頃にいろいろ首を突っ込みすぎたな」

　魔族と人間の融和、南部と北部の交流、周辺国との関係構築。一度関わってしまった以上、どれも知らん顔はできない。

　これに加えて後進の育成もあるし、古王朝時代の厄介なあれこれを処理したり、凶暴化した魔物を駆除したり、やることが山盛りだ。

　するとフリーデが少し遠慮がちに、こう切り出してきた。

「あの、こんなこと言うと叱られるかもしれないんだけどさ」

「うん？」

ずいぶん慎重な態度だ。珍しいな。

俺は優しく続きを促す。

「言ってごらん。大丈夫、今なら落ち着いて話を聞けるから」

「うん……」

フリーデはまだ迷っている様子だったが、俺の反応を確かめながら言う。

「私もね、少しは経験を積んだし、まあまあ知識も増えたと思う……かな？」

「もちろんだ。立派になったよ」

夜泣きでソウルシェイカーぶっぱなしてた赤ちゃん時代を思えば、今のフリーデは立派なものだ。

「フリーデはロルムンドやワにも行って、外交使節の一員として申し分ない働きをしてくれた。それに風紋砂漠の調査中だったカイトたちを助けてくれた。まだ学生なのに十分な実績がある」

「えへへ、そう？」

ちょっと照れくさそうなフリーデ。

それから彼女は上目遣いになって、こんなことを言った。

「じゃあまあ、私も少しは役に立つようになったということで、お父さんの仕事を少しぐらいは手伝える……かな？　どうかな？　って思ってるんだけど……」

ずいぶん歯切れが悪いが、要するに家のお手伝いをしたいということらしい。

「なるほど」

「あっ、いやでもほんとね？　お父さんは凄い学者だし、メチャクチャ実績のある軍人だし、代わりになる人なんかいないぐらい立派な政治家だと思うから、私なんかに手伝えることは少ないと思うんだけどね？」

なんでそんなに卑下してるの。普段とだいぶ違うぞ。

いやいや、卑下してるんじゃない。研究や教育にしても、軍務や政務にしても、どれも大切で責任の重い仕事だ。その重責がわかっているからこそ慎重にもなるのだ。

あと単純に娘に尊敬されてて嬉しい。お父さん冥利に尽きる。

だから俺は力強い笑顔で応じた。

「本当に立派になったな、フリーデ」

「えっ!?」

「お父さんのやっていることが難しくて大変だとわかっていて、それでもお父さんの力になりたいと思ってくれている。父親にとってこんなに嬉しいことはないよ」

後でアイリアにも教えてあげよう。今日はお祝いしなきゃ。

俺はフリーデに歩み寄り、その肩に手を置く。

「ありがとう、フリーデ。今のお前ならできることはたくさんある。それもお前にしかできない仕事だ」

「私にしか？」

「ああ」

あんまり言いたくないんだが、フリーデは魔王アイリアの娘であり、黒狼卿ヴァイトの娘でもある。さらに言えば人狼と人間、両方の血を受け継ぐ唯一の人物だ。

そしてロルムンドとワの両方に公務で渡航した経験があり、女帝エレオラや多聞院評定衆とも公式に会談している。すでに普通の学生ではない。

もちろん親としては非常に心配で不安だが、親だからこそ我が子を信じてやらねばと思う。

「お前にその気があるのなら、魔王軍の一員としてお父さんの仕事を手伝ってくれ」

「評議会の一員じゃなくて？」

「魔王軍なら何かあってもお父さんが謝れば済むから……」

やっぱりちょっと不安です。

フリーデはというと、親の気も知らずに元気いっぱいだ。

「じゃあ今日から魔王軍の士官として頑張ります！」

「誰が今日から士官にしてやると言った。ミラルディア大学の学生だとしても、軍歴のない者を士官にしてやるほど緩い組織じゃないぞ」

縁故採用だと思われるとフリーデ自身も損だからな。

「当面は人狼隊の士官候補生だ。ファーン隊長に預ける」

俺は人狼隊の隊長の座をファーンに譲っている。魔王軍の一員になる以上、馴れ合いはナシだ。

だがフリーデはふんふんとうなずいていた。

「ファーンさんなら仲良しだし、いっぱい教えてもらえるね！　頑張ります！」

どっちにせよ頑張るのか。有望な新人だ。

「じゃあ明日から動いてもらうが、ヨシュアの後輩になるから公私の区別を忘れないようにな。職務中はヨシュア先輩に敬意を払うように」

「あっ、そうか!?　じゃあ敬意を払います」

これまでは魔王の娘として周囲が優しくしてくれていたが、魔王軍で少し揉まれてくるといい。いい勉強になるだろう。

俺とフリーデが笑ったとき、俺のスマホ型魔力通信機が着信を告げた。

「お父さん、鳴ってるよ？」

「誰だろ？」

画面がないから誰からの通話だかわからない。

「ヴァイトだ」

その瞬間、聞き覚えのある声が飛び込んでくる。

『こちらパーカー。調査対象の怪異が近くにいるようだ。魔力の流れをたどってみる』

パーカーの声は真剣そのものだった。

＊　＊

「パーカーの探索日誌」


魔王軍の一員にして無位無官の死霊術師、パーカー・パスティエ。

彼は西の大樹海に入り、人狼隊と合流していた。

「ヴァイトも中年になったんだし、少し落ち着いてくれるといいんだけどね」

パーカーの話し相手は人狼隊の古参、ジェリクだ。

ヴァイトの幼なじみでもあるジェリクは苦笑いする。

「大将は何でもかんでもすぐに興味を持つし、一度首を突っ込んだら最後まで責任を持とうとするからな。でもそれがなけりゃ、あんただって俺の大将の世話なんか焼かないだろ？」

「まあね。危なっかしくてしょうがないよ、僕の弟は」

「俺の大将だからな」

「僕の弟だからね」

しばらく無言になり、それからフッと笑うジェリクとパーカー。

「『俺たちの大将』ということにしてやるぜ」

「『僕たちの弟』ということで手を打とう」

握手する二人に向かって、少し後方を歩くモンザが声をかけた。

「ねえ、絶対変だよ？」

振り向くジェリク。

「変じゃねえよ、大将は……」

「隊長の話じゃなくて、樹海の話」

モンザは担いでいた魔撃銃を握りしめる。

「魔物だらけの森なのに、なんか静かすぎない？」

親友の言葉にジェリクは立ち止まり、魔撃銃を構えた。

「言われてみりゃそうだな。魔物どころか兎一匹見当たらねえのは変だぜ」

「でしょ？　こういうときって何か酷いことが起きるんだよね。土砂崩れだったり、山火事だったり」

ベテラン人狼たちの会話に、パーカーも周囲を見回した。

「言われてみると魔力の流れがおかしいね。妙に早いし規則的だ」

樹海に漂う濃密な魔力。普段はほとんど動きがない魔力が、今は意思を持っているかのように一方向に流れていく。

「魔力学は僕の専門外だからよくわからないけど、これはまるで何かに吸い寄せられているような

……」

立ち止まり、しばし無言になる三人。

初代魔王の頃から魔王軍の一員だった彼らは、すぐに行動に移した。

パーカーは懐からメモを取り出し、ペンを走らせながら指示を出す。

「僕はこの流れの先を探索する。ジェリクは第七中継所に戻って、みんなを第六中継所まで後退させて。具体的な避難手順はここに書いてある」

「わかった。物資はそのまま置いて逃げるぜ」

慎重なジェリクとは対照的に、モンザは好戦的だ。

「あは、じゃああたしはパーカーの護衛ね」

しかしパーカーは首を横に振った。

「危険すぎる。僕と違って君は不死身じゃない。万が一にも君を死なせたらヴァイトが悲しむ」

「えっ!?　あー……うん、そうだね」

モンザが頭を掻く。

「じゃあ何をしたらいいの？」

「第七中継所に戻って待機しててくれないか。みんなが避難した後も監視を続けて欲しいんだ。僕に何か起きたら報告する者がいなくなる」

「パーカーは不死身でしょ？」

不思議そうなモンザに、パーカーは苦笑してみせた。

「死なないだけだからね。身動きできなくなって魔力も枯渇すれば、ただの考える骨さ」

「あ、要するにあたしは救助担当なんだ？」

「まあそうだね。死ねるのならまだいいけど、生き埋めのまま永遠の時を過ごすのはさすがに嫌だよ」

パーカーはそう言って肩をすくめてみせると、人狼たちに命じた。

「じゃ、後はよろしく。調査で犠牲者を出さないのがヴァイトの指示だ。頼むよ」

「任せときな」

「埋まるときはそのオシャレな帽子どっかに掛けといてね」

ジェリクとモンザが人狼に変身し、風のように去っていく。

パーカーは魔撃銃を手にすると前を見つめた。

（さっきよりも魔力の流れが激しくなっている。それに魔力勾配に逆らう流れだ。自然発生的なものじゃない）

魔術師だとすれば相当な使い手になるが、パーカーの死霊術では術者の霊体をうまく認識できない。相手は人間や魔族ではなさそうだ。

（魔法装置か、強力な魔物か……何にせよ、例の怪異がここにいるのは間違いなさそうだ）

パーカーは森の奥に静かに歩みを進めていく。薄暗い森の中は静まりかえっているが、魔力だけ

が奔流となって森の奥へ流れ込んでいた。

（モンザの報告では『巨大な怪物』だったけど、巨大生物が歩いた形跡はない。折れた木々もなければ足跡もない）

茸人族の証言によると、相手は森の低い枝の十六倍の高さだ。魔都リューンハイトの城壁を遥かに超える。かつて魔王軍の第二師団長だった巨人ティベリトよりも大きい。

（あの御仁より大きいとなると、武力でどうにかなる相手じゃない）

まだ目的の怪物を発見していないが、遭遇したら報告どころではないかもしれない。パーカーはそう考え、魔力通信機を起動させる。

すぐに応答があった。

『ヴァイトだ』

パーカーは声を潜めて伝える。

「こちらパーカー。調査対象の怪異が近くにいるようだ。魔力の流れをたどってみる」

『魔力流が起きているのか？』

「そうだね。先生が起こす『魔力の渦』によく似ている」

その言葉の持つ意味に、ヴァイトはもちろん気づいた。

『戦神化の可能性は？』

「魔力総量がわからないから何とも言えな……」

　そのとき、何の前触れもなく目の前の森が消滅した。大木が藁のように燃え上がり、大地が飴のように融ける。

　直後に凄まじい熱風が荒れ狂い、パーカーの装備のほとんどを燃やし尽くした。

「緊急事態だ！」

　パーカーはそう言い残したが、ちゃんと通信できたかどうかわからない。魔力通信機の蓄魔鋼が赤熱して、外装の木材を炭化させてしまった。

　パーカーが生身なら、腕ごと同じ末路をたどっていただろう。

（何が起きてるんだ!?）

　死霊術師のパーカーは死後の世界と交信し、死者と言葉を交わすのが専門だ。しかしこの有様では死者を呼び出すこともできない。ただの無力な骸骨だ。

「アーヴェ・リジュート・フルン・ファッツア！」

　パーカーはゴモヴィロア一派とは違う術式で呪文を完成させ、熱エネルギーの侵入を拒む。パーカーの周囲だけ地面が残り、それ以外の地面はドロドロの溶岩に姿を変えた。

（破壊魔法を少し学んでおいて良かった……でもこれは危険すぎる）

　後方の様子をうかがうと遥か後方まで焼け焦げた大地が広がり、焦土の終端では大規模な森林火災が発生していた。

　そしてパーカーの目の前には、巨大な黒い影。

それを見た瞬間、パーカーは思わず叫ぶ。

「ドラゴンじゃないか！」

火を噴き、翼を持つ巨大なトカゲ。竜人たちが自らの祖先として畏敬の念を抱く魔物だ。

だが想像上の生物だと思われていた伝説の存在でもある。パーカーも、まさか実在しているとは思わなかった。

（嘘だろ!?　こんなのは僕の手に負えない！）

ドラゴンに関する文献はほぼ何もない。いずれも想像で書かれたものだ。

武力では勝てないと判断したパーカーは、とりあえず古代語で説得を試みる。

「待ってくれ、偉大なる先達よ！　竜人たちの始祖よ！」

眼前の巨大な竜は、大破壊の跡地で静かに佇んでいる。まるでパーカーの存在など眼中にないかのようだ。

だがその爬虫類の両眼はパーカーを捉えており、値踏みするように見つめていた。

パーカーは古代語で続けた。

「僕は魔術師のパーカー！　あなたと争うつもりはない！　だから……」

最後まで言う暇もなく、竜が巨大な口を開いた。

「ゴアアアァッ!!」

大地が揺さぶられるような咆吼。ヴァイトの「ソウルシェイカー」に匹敵する威力だ。

（攻撃が来る！）

　しかもその口からは炎ではなく、魔力の奔流が吐き出された。

「うわあぁあっ!?」

　骸骨の姿になって初めて、パーカーは恐怖心から悲鳴をあげた。間一髪で直撃を免れたものの、片足がどこかに行ってしまった。灰になったのだろうか。

（このドラゴンの息吹は僕の骨を破壊できるのか!?）

　途方もない破壊力だ。

　こうなってはもう説得も逃走も不可能だ。パーカーは戦う覚悟を決め、魔撃銃を構えた。しっかり守っていたので外装が焦げている以外は無事だ。

「悪いけど命はもらうよ」

　まだ魔力を吐いているドラゴンの目を狙い、強力な光弾を放つ。魔術師としての力量が高いので、放たれる光弾も破壊力が高い。

　だが光弾はドラゴンの吐く魔力に巻き込まれるようにして、そのままどこかに押し流されてしまった。

（今のは……!?）

　驚いた直後、ハッと気づくパーカー。

　魔撃銃の原理は水鉄砲と同じだ。水の代わりに魔力を撃ち出す。

（ドラゴンの吐く魔力流で、魔撃銃の光弾が押し流されたのか！）

濁流に水鉄砲を撃ったところで効きはしない。

そしてドラゴンは魔力を吐くのをやめ、ぎょろりと目を動かした。感情も知性も感じられない瞳がパーカーを捕捉する。

その首が動き、再び魔力のブレスを吐こうと口を開いた。

今度はもう避けられない。パーカーは切り札を使うことにした。

「我が渇望よ！」

骸骨の指先に魔力の刃が宿り、それが周囲の空間を薙ぎ払う。

大賢者ゴモヴィロアが編み出した秘術だ。この魔力の刃に触れた者は瞬時に絶命する。どんなに硬い鱗でも防ぐことはできず、どれだけの巨体を誇ろうが耐えることはできない。

しかし魔力の刃はドラゴンに触れることもできず、幻のようにフッと消滅した。

「まさか!?」

その言葉だけを残し、パーカーの骨は魔力の奔流に呑まれて消え去った。

――参ったなあ。

パーカーの霊体はゆらゆらと揺らぎながら焼け野原に佇んでいた。

ドラゴンの姿はもうない。パーカーを吹き飛ばした後、ドラゴンは翼を広げてどこかに飛び去っ

たのだ。あれだけの巨体が助走もなしに離陸する光景は悪夢のようだった。

残されたのはパーカーの霊体だけだ。

――あの骨が何のためにあるのか自分でもよくわかってなかったけど、あれがないと僕はどこにも行けないらしいな。

パーカーは声にならない声でつぶやくと、自分の足下を見回す。

よく見ると豆粒ほどの骨の欠片が落ちていた。なぜかはわからないが、自分の骨の一部だという確信がある。骨の欠片は少しずつだが大きくなり、元に戻ろうとしているようだ。

――もしかしてこれ、再生するまで何もできないのかい？　そういうルール？

答える者はいない。パーカーのような形で不死を得た者は他に確認されていないので、答えを知る者がいるかどうかも怪しい。

じっと見ている間に豆粒からドングリほどの大きさになってきたが、この再生にはしばらくかかりそうだ。

――困ったな、早く帰って報告しないといけないのに。ああ、ヴァイトがまた心配するなあ。早く兄離れして欲しいんだけど。

そんなことを考えながら、パーカーはフフッと笑う。

そして再生を待つことにした。

＊　＊

大樹海に送り出したパーカーが行方不明になった。他の人員は無事に帰還しているのに、パーカーだけ戻ってこないらしい。

あのバカ兄貴はいつもそうだ。

「パーカーはまだ見つからないのか？」

前後の状況から捜索を出すには危険すぎるため、俺は兄弟子の帰りをひたすら待っていた。

ジェリクたちからの報告書を評議会の職員が持ってきていたが、彼も申し訳なさそうな顔をしている。

「現地は見渡す限りの焼け野原になっており、魔力の流れも相当に乱れているとのことです。これが同封されていました」

机上に置かれたのはガラスのような塊だった。

「高熱でガラス化した砂、いや大樹海の土か」

若い女性職員は慌てて報告書を読み返す。

「えーと、はい。そうです。そう書かれています。一目見ただけでわかるんですか？」

「過去に見たことがあるんだ。現地の状況は予想以上に危険だな」

確か前世の原爆資料館で見た。生身の人間なら絶対に生還できないような、何かが起きたのは間

違いない。

　職員は気の毒そうな顔をする。

「これではさすがにパーカー様も命を落とされたのでは……？」

　俺は首を横に振った。

「これぐらいじゃあいつは死なない。いや、死ねないんだ。どこかで絶対に生きている。早く捜してやらないと」

「街道の巡回部隊にはパーカーを発見したら報告するよう通達してあるわ。心配しないで」

　メレーネ先輩が俺の肩に手を置き、いつも以上に優しい声で言う。

「誰かがいなくなったときは、みんな不安に思うものよ」

「ああ……確かにそうですね。忘れてました」

　俺は自分が冷静さを失っていたことに気づく。

「こういうときだからこそ、俺は普段通りにしてないといけません。ありがとうございます、メレーネ先輩」

「そうね。ヴァイトが普段通りにしていれば、皆の動揺も最小限に抑えられるでしょ？」

　先輩はいつもおちゃめだが伊達に長く生きてない。師匠とパーカーに次いで、俺たちの仲間では最年長の一人だ。

「『亀の甲より年の功』ですね」

「カメノコーヨリって何……?」

日本語だから通じなかったが、説明したら絶対に怒られるので黙っておく。

「やっぱり先輩は頼りになるなあって話です」

「ん?　そうでしょ?　そうでしょ?」

やけに嬉しそうなメレーネ先輩。たぶんこれも俺を励ますため、無理して明るく振る舞っている。

「なんてったって私が一番弟子だから!　パーカーより先輩だから!」

違うかもしれない。ときどきこの先輩がよくわからない。

まあいいや、とにかく冷静になれた。

俺はパーカーのことは続報を待つことにして、今後の対応策を考える。

「パーカーが帰還してこないということは、相手は非常に危険な代物です。あいつには魔力通信機を持たせてたんですけど、通信が途絶しました」

「なんかヤバそうね……」

メレーネ先輩は頬に手を当てて物憂げな表情をし、それからふと思いついたように言う。

「パーカーで無理なら、もう先生の出番じゃない?」

「それで師匠に何かあったらどうするんですか。パーカーの最後の通信では、相手は『魔力の渦』に似ているそうですよ」

大量の魔力を一カ所に集めると、そこに重力場のような魔力場が発生する。それが「魔力の渦」

だ。重力場がブラックホールになるように、魔力場は「魔力の渦」となって魔力を呑み込み始める。

「いったん『魔力の渦』が発生したら、後は勝手に魔力を集めていきます。最後は戦神化した何かが誕生しますよ」

「勇者アーシェスみたいなのができちゃう訳よね。さすがに勇者相手じゃ先生も厳しいか……」

大魔王ゴモヴィロアは初代魔王フリーデンリヒターの最初の盟友であり、フリーデンリヒター亡き後は魔族最強の存在となった。強者に従うのが魔族の本能だから、どんな魔族も師匠を畏れ敬う。

その師匠が負けたり消滅したりしたら魔族全体が激しく動揺する。

「師匠は大魔王、ミラルディアの人間と魔族を統べる象徴的な存在です。何かあればこの国がガタガタになりますよ」

「まあ……そうね。魔族は動揺するし、人間も魔王軍の実力に疑いを持つかしらね」

「ここは慎重に対処すべきです」

「うんうん」

「だから俺が行きます」

「誰かこのバカを取り押さえなさい」

メレーネ先輩が呆れながら叫ぶと、廊下や隣室から魔族の兵士や人間の文官たちが入ってきて俺を取り囲んだ。

なんだなんだ。

「ほらまたヴァイト様はそういうことを言う！」

「お前はいつもそうだ！」

「ちったあ学習しろよ！　学者なんだろ!?」

どうやら警戒されていたらしい。道理で妙に人の気配が多いと思った。

メレーネ先輩は腰のくびれに手を当て、仁王立ちになって言う。

「これがあなたの責任と力よ。あなたには彼らを統率する責任があるし、統率する力があるの。やるべきことをやりなさい」

「先輩……」

そうか。

俺はもう、前線に出ちゃいけないんだな。

偉くなることの寂しさと重圧を感じつつ、俺は一同をなだめる。

「わかった、わかりました。確かにメレーネ先輩の仰る通りです」

メレーネ先輩がずずい、と顔を近づけてくる。だいぶ迫力のある表情だ。

「ヴァイト、本当にわかってる？」

「はい」

わかったから顔を離して。美人の脅迫ほど怖いものはない。

俺は執務机の椅子に座り、軽く咳払いをする。

「えー……わかりましたので、皆に指示を出します。聞いてくれ」

「はい」

全員の声が綺麗にそろった。みんな真剣な表情で俺を見ている。

俺は報告書の束を手に、評議会の各組織に指示を出した。

「まず各都市との調整のため、緊急評議会を招集する。太守たちに連絡を取ってくれ」

「かしこまりました。おい、行こう！」

人間の文官たちが駆け出していく。

「魔王軍の犬人兵と人馬兵に非常呼集をかけろ。種族による哨戒部隊を編成し、竜人騎士団の麾下《きか》に加える。ミラルディア西部の街道や都市周辺に警戒網を敷け」

「はっ！」

竜人や人狼の武官たちが敬礼する。

「技官たちはありったけの魔力測定器を掻き集めろ。研究や調査で使用中のもの以外、全部持ってきてくれ。哨戒部隊に持たせる。使い方の指導も頼む」

「了解しました。ただちに備品目録を照会します」

竜人の技官たちがうなずき合い、部屋を退出する。

大半の人員が出て行ったが、まだ残っているメンバーにも仕事を与える。

「評議会が保有する資材や予算のうち、まだ使っていないものをリストアップしてくれ。今動かせ

るものを一時的にこちらに回したい」

道路や城壁の補修に使う建築資材や、災害や戦役に備えた兵糧。各種政策実行のために用意した予算。いずれも今後使う予定だが、まだ使っていないものが山ほどある。

さすがに文官たちが心配そうに尋ねる。

「いいんですか？」

「今はまだリストアップだけでいい。必要になったときに慌てて探しても遅いからな。後は俺が各部署に話をつけに行く」

評議会自体は圧倒的な資金力を持ち、物資や不動産も大量に保有している。だがどれも俺の私物ではないので、すぐ動かせるように手続きをしておかないといけない。

最後にメレーネ先輩に頼む。

「師匠に付き添ってください。たぶんパーカーの安否が気になっているはずです。俺はもう大丈夫ですから」

「わかったわ。ついでに先生の助言ももらってきてあげる」

「助かります」

とにかく都市に被害が出るのだけは避けないと。大樹海に近い都市は過去に魔王軍の攻撃を受けており、その傷がようやく癒え始めたところだ。

もしまた都市に被害が出たら魔王軍への信頼が揺らいでしまう。

誰もいなくなった執務室で俺は腕組みする。

「何とかしなきゃな」

十数年続いたミラルディアの繁栄を守れるか、それとも失われるのか。

ここが正念場になりそうだ。

＊　＊

「歪なるもの」


かつて初代魔王フリーデンリヒターは、大賢者ゴモヴィロアに協力を求めるために「三顧の礼」を尽くしたと言われている。

あるときゴモヴィロアがグルンシュタット城を留守にしており、フリーデンリヒターはゴモヴィロアの帰りを待つためにそこで三日三晩野宿したという。

調査を終えたゴモヴィロアが城に帰還したとき、城の周りは巨大なムカデの死骸だらけだったと伝えられている。主の留守に忍び込んだ魔物たちをフリーデンリヒターがたった一人で全て退治したのだ。

この巨大なムカデは大樹海ではごくありふれた魔物だ。外骨格に微量の魔力を蓄えることで、巨

大化に耐えられるだけの強度を得た。さらに猛毒を持ち、巨体に似合わぬ俊敏さも備えている。

だがその巨大ムカデが今、子犬のオモチャのように振り回されていた。

振り回しているのは巨大な影。「黄金の狂気」を貪り、牙蜥蜴を踏み潰していた、あの巨大な怪物だ。

怪物は巨大ムカデをくわえたまま、力任せに振り回す。既に獲物は完全に抵抗力を失っていたが、怪物は地面や木々に巨大ムカデを容赦なく叩きつける。

とうとう巨大ムカデの胴体がちぎれ、どこかに飛んでいった。残された半分ほどの胴体では、まだ無数の脚が未練がましく蠢いている。

怪物はそれを地面に放り出すと、巨大な鉤爪でズタズタに引き裂いた。

全ての脚が……脚だったものが動きを停止すると、怪物は急に興味を失ったように歩き出す。

怪物が樹海の闇に消えた後、入れ替わりに屍肉漁りの魔物たちが巨大ムカデの残骸にたかり始めた。

*　　*

だが問題は、やはり脅威の正体だ。

パーカーが消息を絶ったことで、少なくとも友好的でも話が通じる相手でもないことはわかる。

パーカーはああ見えても魔王軍の外交官として魔族たちを説得して回り、蜂起を促していた。陸の魔族とは無縁の人魚族たちが魔王軍に協力してくれるのも、パーカーの説得があったからだ。

そのパーカーが交渉に失敗したとなると、最初から交渉する気のない相手だというのはわかる。

「おそらく超大型の魔族か魔物だが……」

ぶつぶつ独り言を呟いていると、フリーデがやってきた。

「お父さん、茸人さんが来てるんだけど」

「茸人族が？　珍しいな」

茸人族は魔族屈指の変わり者で、高度な知能を持つ群体生物だ。種族全体でひとつの意思を持っているので、個人の概念がない。

そういう独特の価値観を持っている癖に、なぜかミラルディアの各都市に定住していた。

彼ら……いや彼は何も言わないが、人間たちの交通網が目当てだと俺は勝手に思っている。胞子は馬車や積荷にくっつき、風よりも効率的に遠くまで運ばれる。

生息域の拡大は彼の密かな楽しみらしい。種としての本能だからな。

人間側には全くの無害なので、好きにやらせている。

何にせよ魔族は保護するのが魔王軍の理念だから、俺たちは茸人族とも仲良くやっていた。話せばわかる連中、いやヤツだ。

「わざわざ来るなら大事な用件だろう。すぐ入ってもらいなさい」

「うん」

程なくして、足の生えたマッシュルームがてってこてってこと歩いてきた。

高さは俺の膝ぐらい。まだ若い株だな。見た目がマッシュルームなのに匂いがシメジなのも相変わらずだ。お腹が空いてきたな。

茸人族の若者というか若い株は、笠の裏のヒダを震わせて発声する。

「こんにちは、ゔぁいと」

「君と会うのはたぶん初めてだが、『はじめまして』じゃないんだろうな」

「そうです。おひさしぶり、です」

俺はそのとき、大事なことに気がついた。

「ミラルディア語を喋ってるな？」

「はい。おぼえました」

意外だ。

茸人族はひとつの意識を共有する群体なので、人間のような言語は不要だ。誤解や不信が生まれることもないし、単なる情報共有なら胞子のやり取りだけで済む。

さすがに他種族相手には古代語を喋るが、どうやら「同じ種族の別個体に毎回毎回同じ話をするのが面倒」と思っているらしく、あまり会話に重きを置いていない。

すると茸人は俺の考えを察したらしく、ヒダを震わせてビブラートのような音を発した。

「は、は、は、は、は」

もしかして笑ってる？　茸人族が？

「にんげんやまぞくは、こたいごとにがくしゅうします。たいへんでしょう？」

「ああ、そうだな。子供が生まれる度に毎回同じことを教える」

我が家は一人っ子だったからいいんだが、従兄弟のガーニー兄弟は子だくさんだから「あと何回これを教えりゃいいんだ」ってぼやいていた。スプーンの握り方もズボンの穿き方も一人一人に教えなきゃいけない。

すると茸人族は生意気にも、人間みたいにうんうんとうなずいてみせた。ゆらんゆらんと笠が上下する。

「たいへんなのに、それでもやる。だから、やることにしました」

「ミラルディア語の勉強を？」

「そう、です。わたしがやると、いっかいでいい、から」

なるほど、合理的だ。

もう少し詳しく話を聞いてみると、今回の騒動で事情聴取を受けまくった茸人族は、人間や魔族たちの苦労を痛感したらしい。

なんせ茸人族の話す古代語は失われた言語だ。古文書を読める程度の者ならそこそこいるが、会話ができる者は非常に少ない。大学でも教えているが、やはり限界がある。

そこで茸人族は「私がミラルディア語を覚えたら一発じゃね？」と気づいたらしい。ひとつの株が学習したら、後は胞子を使って知識を並列化できる。

「わたし、とてもかしこいそうです」

「そう言われたのか」

「みっかで、おぼえましたから」

そりゃ賢い。

御機嫌で笠をゆらんゆらんさせている若い茸人。仕草もなんだか人間っぽくなっている。

どうやらこの十数年で、茸人族も人間たちから影響を受けたらしい。人間味がある方が人間たちから親切にしてもらえるので繁殖しやすく、そういう株が群体の中で優勢になったのだろう。非常に興味深い。

茸人はしばらくゆらんゆらんしていたが、飽きたのか座った。座ると完全にマッシュルームだ。

「おはなしがあります。ゔぁいと」

ようやく本題が始まるらしい。

茸人が語った内容は、重要かつ衝撃的なものだった。

「わたしは、だいじゅかいのなかに、ねっとわーくをつくっています」

「ああ、知っている」

「だいじゅかいのそとにも、ねっとわーくをつくりました」

「初耳だ」

「かいどうぞいに、こっそり、わたしをうえました」

「植えたのか」

自前でインフラ構築できる種族なので強い。

茸人族は胞子で増えるが、その胞子は親株の記憶を全て保持している。

リューンハイトの城門の上から適当に胞子をばらまくだけで、馬車や貨物に付着した胞子があちこちで新しい茸人になるだろう。

茸人族たち……意識はひとつなのだが、とにかく彼らは各地に散らばって人間たちの知識を吸収したらしい。

「みらるでぃあご、おぼえたから、またべんきょうしました」

「偉いぞ」

「としょかんで」

「本に胞子植え付けてないだろうな？」

「はい」

ならいいや。各都市の司書たちが怖がってるんだ。

「だいたい、どらごんでした」

何が？

一瞬とまどったが、すぐに大樹海の異変の正体だと推測する。

「大樹海に現れた怪物がドラゴンに似ているのか？」

「はい。ほぼほぼ、どらごんです」

「ほぼほぼドラゴンなのか」

なんだこのやりとり。会話のテンポが微妙に狂うな。

茸人族はミラルディア語をマスターしたので、改めて情報収集を行った模様だ。今までは人間たちの言葉がわからず、効率的な情報収集ができていなかった。

そして茸人族は、大樹海に現れた怪異がドラゴンに酷似していると気づいたらしい。

「もっとはやく、べんきょうしておくべき……でした」

ふるんふるんと照れくさそうに震える茸人。彼らにもちゃんと感情はある。語学の勉強をサボっていたことを恥じているらしい。

「うぁいと。だいじゅかいのかいぶつは、としょかんのほんでよんだ、どらごんにそっくりです。おおきさも、つよさも」

ミラルディアの伝承のドラゴンはフィクションの存在だから、作中で語られる強さはどれも桁違いだ。ドラゴンは巨人を一撃で殺し、投石器の石弾が当たっても平気だという。

パーカーが戻ってこられないぐらいだから強敵なのはわかるが、まさかそんな怪獣だったとは。

「君はそいつについて、どれぐらい知っている？」

「あまり、しらないです。そうぐうしたわたしは、だいたいやかれるので。じっとしていても、たべられるみたいです」

ドラゴンってキノコも食べるのか。草食なんだろうか。

いや待てよ、茸人族の持つ魔力が目的かな？　茸人は魔族の中でも最も魔法的な種族だから、保持する魔力が多い。

それでも若干の生存者は出るらしいので、そういった幸運な個体が近隣の茸人たちに警告を発しているそうだ。

「どらごんは、だんだんこっちにちかづいています」

「まじか」

「うろうろしながら、すこしずつ、じゅかいのそとにむかっている、みたいです」

茸人族は大樹海のそこらじゅうに生息しているので、音信不通になった群生地があればそこだけぽっかりと穴が開く。茸人ネットワークの綻びを見れば、それがドラゴンの移動ルートという訳だ。

まずいな。

「理由はわかるか？」

「わからない、です。まりょくがめあてなら、だいじゅかいのまんなかが、いちばんたかいです」

まあ生き物のやることだし、いつも理路整然としている訳じゃないか。なんとなくでぶらついた

りもするだろう。困るけど。

理由はわからないが、とにかくドラゴンがミラルディアの平原部を目指してのしのし移動中のようだ。

あ、そうだ。

「パーカーを見た者はいないか？」

「いどうちゅうの、ぱーかーをみています。でも、そのふきんのわたしは、みんないなくなりました。さがせません」

「そうか……」

湿った土が乾いた砂になって、その砂がガラス化するほどの焼け野原だったもんな。

ということはやはり、パーカーも火葬場のお骨みたいになってるんだろうか。まあそれで死ねば彼も苦労はしないので、そんな状態でも意識はあるんだろうな。

その場合、パーカーの今後が気になるが……。

俺は私情を振り払い、魔王の副官として茸人に依頼する。

「ドラゴンの居場所を常に把握しておきたいんだ。協力してくれないか？」

「もちろん、です。ゔぁいとは、もりのなかま」

茸人は快諾し、ぴこぴこと上下してみせたのだった。

強力な味方である茸人族がミラルディア語をマスターしたことで、俺たちの情報網は一気に強化された。

大樹海には魔王軍のかつての拠点、グルンシュタット城がある。さらに竜人たちの各氏族の集落などもあり、地図も作成されていた。ただのでかい森ではないのだ。

この地図に茸人族のコロニーを重ね合わせることで、魔王軍は強固な警戒網を完成させた。もう危険を冒して大樹海を巡回しなくてもいい。

ただし一度喰われてしまったコロニーはすぐには回復しないので、襲撃があった地点はその後の情報がわからなくなる。

それに茸人族の視覚は他種族とは大きく異なる。ベースが菌類だから仕方ないが、色の見え方ひとつ取っても俺たちと全然違う。おかげでドラゴンの外見についてはわからない点が多い。

それでも相手がドラゴンだとわかったのは大きかった。巨大な魔物なのは何となくわかっていたが、具体的にわかれば対応策も考えやすい。ドラゴンなら急に消えたり倍に増えたりはしないだろう。たぶん。

今のところ大樹海の外には出てこないようなので、今のうちに大賢者ゴモヴィロアに今後の方針を相談することにした。師匠はとにかく頼りになる。

「どうしましょうかね、師匠」

「竜か。まずは標本を採りたいのう」

そうじゃないんです、師匠。ダメだ、完全に探究心の虜になってる。

「残念ですが相手が相手なので、まずは動きを止めないと無理でしょう。できるだけ被害を抑えたいので、いい方法を考えてもらえませんか？」

「まあそうじゃな。ちと待て」

師匠は研究室の本棚をちょちょいとつつく。蔵書の一冊がポンと飛び出してきた。

「便利じゃろ？　おぬしの言っておった異世界の蔵書検索システムを参考にして」

「凄く興味ありますが、今は本題をお願いします」

「うむ」

師匠は本をパラパラめくり、そこに記されていた絵を空中に投影する。

「便利じゃろ？　ラシィに頼んで全ての本に映像投影の幻術を」

「やはり凄く興味はありますが、とにかく本題を」

「うむ」

師匠は空中に何種類かのドラゴンを投影した。

「古代王朝の頃には、竜たちは既に伝承の存在じゃった。実在していたとも言われておるが、証拠は何もない」

「恐竜みたいなものかもしれませんね」

「ああ、異世界の竜たちか。似ておるかもしれぬ」

ティラノサウルスやディプロドクスのような存在だとしたら納得はできるのだが、ティラノサウルスやディプロドクスは火を噴かない。

師匠はドラゴンの翼や、口から吐き出される炎を指でなぞる。

「この世界の魔物や魔族は、あまり現実的ではない器官や生態を持つ。それを可能にしておるのが魔力じゃな」

魔力はどんなエネルギーにも変換できるチートパワーなので、魔力を蓄えることで無茶なことができる。

だがそこで師匠は苦笑した。

「竜たちは巨体でありながら空を飛び、口から火を噴く。いくらなんでも無茶が過ぎるというものじゃ。魔物といえども血肉は鉄ではできておらぬ」

「タンパク質は熱で変性しますからね」

もし火を噴くなら、空気と反応して燃焼する液体を吐くなど一工夫が必要になる。そういう魔物もいない訳ではないが、だいたいが小型だ。大型の魔物は腕力に物を言わせた方が早い。

「それに空を飛ぶ大型の魔物はほぼいません」

俺が言うと師匠はうんうんとうなずいた。

「さよう。体の大きさが倍になれば翼の面積は四倍になる。じゃが一方で体重は八倍……」

「すみません師匠、そこは大丈夫です」

そこは前世で習ったとこだから大丈夫だ。今は時間が惜しい。

師匠は少しガッカリしつつも説明を続ける。

「まあ、小鳥のように羽ばたく大鷲がおらぬのと同じじゃな。竜ほどの巨体になれば、そもそも飛び上がることができぬ」

「翼を動かす筋肉も足りませんし」

「うむ。とにかく構造的に無理だらけじゃ。もし実在するならば、おそらく大量の魔力を消費して体を維持しておるはず。魔力を求めてうろついておるのかもしれんのう」

やっぱりほとんど怪獣だ。

怪獣には怪獣をぶつけるのが定番だが、さすがに師匠でも持て余すだろう。確実に勝てる状況でなければ師匠は出せない。

「おぬし、今何かとても失礼なことを考えとるじゃろ？」

「いえ、師匠を敬っているところです」

それにしてもドラゴン退治とはな。

「なんにしても人間や魔族の軍隊では撃退どころか足止めすら難しいでしょう。対策を練ります」

「うむ、危急の折にはわしが迎撃に向かうが、パーカーですら止めきれなんだとあれば、わしも自信はないのう。あやつはあらゆる生命を触れるだけで即死させる術を使い、本人は不死じゃ。それで無理となれば相当の強敵じゃよ」

「厄介ですね」

本当に困ったな……。

嘆いていても仕方ないので、俺は評議会に赴いて事情を説明した。

「そういう訳で、ミラルディア西部の各都市は樹海からのドラゴン侵攻に備えて頂きたい。たぶん城壁から頭が出るぐらいの大きさで、辺り一面を焼け野原にするような火を吐く」

我ながら無茶を言うと思う。

案の定、該当する太守たちが頭を抱えていた。

「そんなもんをどうしろと」

「勘弁してくれ」

過去に魔王軍の侵攻を受けた北西部の太守たちは俺にすがるような目を向ける。

「なんとかなりませんか、ヴァイト殿。バッヘンは近年ようやく城壁の補修が終わったばかりです。このタイミングでまた街を破壊されれば、バッヘンを代々統治してきた一族として立場がありません」

バッヘン太守コクトーがそう言うと、その隣に位置するアリョーグ市の太守もうなずいた。

「考えられる対策は住民の避難ぐらいでしょうが、そうすればまた生活がメチャクチャになる。受け入れ側も困るでしょうし、避難先とて安全という保証はありません」

北部方面軍が駐留する城塞都市ウォーンガングの太守も渋い顔だ。

「城壁が役に立たないのであれば従来の軍学が通用せず、そもそも戦いようがありません。竜退治の戦術など兵法書には載っておりませんしな」

そりゃそうだよなあ。

こういった意見は予想していたので、俺は平静を装ってにこりと笑う。

「まともに戦うという選択肢は最初から捨てています」

「なんと、歴戦の猛将・黒狼卿ヴァイトともあろう御方が戦いを諦めると!?」

「待ってください、じゃあもうどうすればいいんだ!?」

みんな落ち着いて。話の切り出し方を間違えた。

俺は内心焦りまくりながらも、表面上はあくまでも落ち着いて一同を制する。

「我々に今必要なものは時間です。その時間を稼ぐため、魔王軍屈指の魔術師を派遣します」

「ヴァイト殿か?」

「大魔王陛下では?」

違います。落ち着いて最後まで聞いてくれ。

「大魔王ゴモヴィロア陛下の弟子にして大陸最高峰の幻術師、ラシィです。元老院にも仕えていた秀才ですよ」

嘘はついていない。

そして登場するタイミングを見計らっていたラシィが、おずおず……という感じでぴょこりと顔を出した。

「ど、どうも」

もっと堂々として。昔から全然変わってないな。

その背後から幼児を抱っこしたカイトが出てくる。今はラシィの夫でもあり、二児の父親でもあった。

「もうちょっと真ん中まで行けよ」

「いやでも、偉い人ばっかりで」

ラシィ、君の夫は太守と同格の偉さだ。魔王軍の魔術総監だぞ。

俺は苦笑しつつ、改めて彼女を紹介する。

「カイト魔術総監の奥方、ラシィ殿です」

紹介したのはいいが、やはり反応は今ひとつだった。

「この御婦人が？」

「あまり凄そうに見えないが……」

「それにお見受けしたところ、子育て中のようだ。いいんですか？」

すぐに私語が飛び出す太守たちをなだめるため、俺はラシィに言った。

「お歴々に君の実力を見せてやってくれ」

「はい？」

「いや、だからアレを頼む」

「ああ、はい！」

ラシィが大きくうなずいた瞬間、ラシィとカイトたちの姿がパッと消えた。

「何!?」

「これは!?」

一同が驚いたのも無理はない。それは幻影だ。

「ヴァイト殿、もしやこれは!?」

「はい。二人ともリューンハイトの自宅ですよ。今のはラシィが送ってきた幻影です」

リアルタイムの映像を離れた場所に浮かび上がらせていたのだ。

しかもそれだけじゃないぞ。

「みんな、会議室の壁を見てくれ」

「ん？」

まだ驚愕覚めやらぬ太守たちが不思議そうに壁を見回す。

最初は何がなんだかわからなかったようだが、すぐに工芸都市ヴィエラの太守フォルネが気づいた。

「あらやだ、壁の色が赤から黒に変わってるわ？」

「正解だ。会議中、ほんの少しずつ壁の色を黒に変えさせていた」

「こんなに堂々とやられてるのに気づかないものねえ」

人間は急激な変化には敏感だが、ゆっくり変わるものにはなかなか気づけない。会議に集中していればなおさらだ。

「黒狼卿劇に使えそうね……」

フォルネが何か企んでいるが、あれは見なかったことにする。今はそれどころじゃない。

俺はコホンと咳払いをして、一同に笑いかける。

「ラシィの幻術の威力、おわかり頂けただろうか。今の彼女は視覚だけでなく、聴覚や嗅覚まで攪乱する幻術が使える。相手がどのような存在であれ欺くことができるだろう。わずかな魔力で都市をまるごと平原に見せかけることも可能だ」

俺がこの世界に認知心理学の初歩的な知識を持ち込んだことで、幻術の使い方は飛躍的に進歩した。

「ラシィと魔王軍の幻術師たちを使い、ドラゴンを都市から遠ざける。もっとも何にどう反応するかわからないので最初は手探りだ。コツをつかむまでの辛抱だと思ってくれ」

「なるほど、そういうことか」

太守たちは納得してくれたようで、口々に協力を申し出てくる。

「では我が都市は幻術師たちの宿舎や物資を提供しよう」

「彼らへの支払いは我々に任せてくれ。追加の手当はいるだろう？」

「幻術師の育成や研究予算も援助させてもらいますよ」

みんな凄く親切だ。いい人だなあ。

……などと思ってはいけない。

直後に彼らは口をそろえて同じことを言った。

「だからラシィ殿は我が都市に派遣してくれ！」

気持ちはわかるけどさ。

動揺する太守たちをどうにか落ち着かせ、全都市を挙げて事態の収拾に取り組むことを約束させた。ここで狼狽《うろた》えて各都市がデタラメな行動を始めたら、みんなまとめてドラゴンに踏み潰されてしまう。

樹海外縁部を囲むように哨戒部隊を放つ。樹海内部は危険なので茸人族からの通報が頼りだ。

そして都市防衛のため、幻術師たちを各都市に配備する。

とりあえず時間を稼ぎながら情報収集に専念しよう。

＊　　＊

「吸血鬼の女王と幻の聖女」

ミラルディア南西部の古都、ベルネハイネン。吸血鬼メレーネが攻略して以来、彼女が太守を務める街だ。

この街では日光を克服した吸血鬼たちが、人間と平和に共存している。メレーネの「子」にあたる吸血鬼たちは特殊能力をほとんど持たない代わりに、吸血鬼の弱点もほとんどない。

そんな街で幻術師ラシィは途方に暮れていた。

「幻術だけで街を守るなんて無茶だよ……」

「ごめんね、ラシィ。でも今はあなたが頼りなの」

死霊術師でもあるメレーネは、艶っぽい外見とは裏腹に可愛らしい仕草でお願いしてみせる。

「死霊術じゃ竜に対抗できないのは、パーカーがやられちゃったからほぼ間違いないわ。死霊術の上級呪文って、触れるだけで……いえ、触れずに相手を絶命させられるのよ？」

「それで無理なら本当に無理ですね。でも、そんな相手に幻術が通じるんでしょうか？」

ラシィは困ったような顔をしている。

「私の幻術って人間用ですから、竜の知覚が人間と全然違ってたら無理ですよ」

「あなたの幻術ってカイトの探知術すら欺けるでしょ？　竜の知覚が魔王軍魔術総監の探知術以上ってことはないでしょう」

「うーん、たぶんそうだとは思いますけど」

夫の話題が出たので、ちょっと嬉しそうなラシィ。

「あ、でもうちの人って案外抜けてますからね」

「惚気《のろけ》てるわねー」

呆れたように腰に手を当てたメレーネだったが、すぐにフフッと笑う。

「いいわね、幸せそうで」

「えへへ、幸せです」

照れくさそうにラシィが頭を掻く。

だがラシィはすぐに表情を引き締めた。

「私や他の人たちの幸せを守るためにも、がんばらないといけませんね」

「ええ、期待してるわ。聖女様」

「偽聖女です……」

しょんぼりするラシィ。

そのとき、応接間に魔王軍の吸血騎士が入ってきた。傍らに犬人兵を伴っている。

「失礼します、街道筋を警戒中の部隊より報告です！　大樹海外縁部で巨大な怪物を目撃したとのこと！」

犬人兵がすぐにその言葉を引き継ぐ。

「大きな竜です！　赤くて凄いです！」

ラシィは驚いて固まってしまったが、メレーネは冷静だった。穏やかに微笑みながら、犬人兵の頭を撫でる。

「それはあなたが直接見たの？」

「はい！　人馬兵の人に乗せてもらって、ここまで一目散に駆けてきました！」

「竜の様子をなるべく詳しく教えてもらえる？」

メレーネに頭を撫で回されながら、若い犬人兵は尻尾を振って考え込む。

「えーと……森の端っこでうろうろしてました」

「何かを探している様子かしら？」

「そんな感じにも見えました。ボクたちには気づいてなかったです」

「そう……」

ここでようやくラシィも衝撃から立ち直り、犬人兵に問う。

「他の街にも連絡は行ってますか？」

「はい！　リューンハイトには人狼隊の人が変身して走って行きました！」

少し安心したラシィは、魔王軍から貸与されている魔力通信機を手に取る。まだ数が少ない上に魔術師以外には扱いづらいので、哨戒部隊には行き渡っていない。

「たぶんもうリューンハイトには連絡が入っている頃だと思いますけど、一応連絡しておきますね。あとアリョーグとバッヘンにも」

北西部の都市名を挙げたラシィはすぐさま連絡を取り、各都市の幻術師たちと相談を行う。

「はい、はい。ええとまあ……そんな感じです。そうですね。色の見え方は私もわからないんですけど、ヴァイトさんが『竜人やトカゲと同じなら対人用の幻術でいい』って言ってました」

ラシィは魔力通信機を頬と肩で挟み、懐からメモ帳を開きながらうなずく。

「たぶん竜は視点が高いから、影の付け方には気をつけて……そうですね、薄曇りなら三番か四番がいいと思います。それと草原に偽装するときは植生と風向きに注意してください。よろしくお願いします」

一通りの連絡が終わると、ラシィは魔力通信機を握って小刻みに震え始めた。

「ど、どうしましょう？」

「どうって……やるしかないんじゃない？」

吸血騎士たちに指示を出していたメレーネが振り返り、腰に手を当てて苦笑する。

「あなた、自分の仕事はキッチリこなす割に怖がりなのね」

「怖がりだけど自分の仕事はキッチリこなしてるんですよぅ！」

「はいはい、偉い偉い」

さっきの犬人兵みたいに頭を撫でられる。恥ずかしいラシィ。

だが不思議と気持ちが落ち着いてきた。

「よし！」

ラシィは表情を引き締める。

「これより、ベルネハイネン全体を幻術で覆います！　街の人たちが混乱しないよう、連絡をお願いします！」

「わかった、任せておいて」

メレーネは真面目な顔でうなずき、それから問うてくる。

「他にやるべきことはある？」

「あ、もう一回撫でてください」

「はいはい」

メレーネの掌はとても優しく、不思議と落ち着くものだった。不死の彼女は百歳を超えており、その間には人間による吸血鬼狩りなど様々な苦難を経験したと聞いている。

それだけに彼女は誰に対しても優しく、人間か吸血鬼かを問わず、大勢の者が彼女を慕っていた。

（メレーネさんほどじゃないけど、私ももうおばさんだもんね。長く生きていろんな経験をしたんだし、私だってやれるはず！）

その瞬間、メレーネが苦笑する。

「ねえ今、何か失礼なこと考えてなかった？」

「か、考えてません！」

それでもやっぱり、メレーネの掌は優しかったのだった。

気を引き締めたラシィはベルネハイネンの城壁に上がり、街全体を見回す。城壁の外には畑が広がっており、さらにその向こうは草原だ。

「えーと、異状なし。これなら特に変更しなくていいね」

都市と田園地帯全てに幻術をかけ、草原に偽装させる。街道にも幻影を被せることにする。

ただし市民が混乱するとまずいので、ラシィは幻影をドーム状のスクリーンとして作り出すことにした。ドームの中にいる人は普段と変わらない生活ができる。

だがこれには途方もない技術が必要だった。

作り出す幻影は全て術者の思考が生み出すものだ。それは絵画や彫刻と全く同じだが、動きや音声を伴うため極めて高度な技術となる。

ヴァイトのいた異世界には似た方法で作品を作る「魔術師」たちが存在するが、もちろんラシィはそのことを知らない。

街に被せる幻影の全体図はあらかじめ作ってある。

（若い頃にヴァイトさんに「よく観察しろ」って言われたっけ）

巨大な船の幻影を作るために、海に何度も潜っては船底をくぐらされたものだ。あのときの経験が今のラシィにつながっている。

「よし」

顔をぱしぱしと叩いて気合いを入れると、ラシィはメモを開いた。

「我、この地に新たなる姿を覆いて、古き姿を包み隠す。イーテ・サフェン……」

呪文を詠唱し、メモに描かれた魔術紋をなぞる。ＣＧのプログラムコードと同じ役割を果たすものだ。

都市全体を覆い尽くす巨大な幻影は莫大な容量を必要とするが、全てを草原にすることで容量をかなり圧縮している。簡単に言うとコピー＆ペーストでパターン化しているのだ。

範囲を指定し、そこに草原の幻影を切り貼りしていく。全く同じパターンだと不自然になるが、一般人の持つ一カイトの魔力ではあまり巨大な幻影は作れない。

節約して、工夫して。地味で単調な作業の繰り返しによって、ラシィはわずかな魔力で巨大で精巧な幻影を作ることができた。彼女の後輩たちが数人がかりで作る幻影を、一人で織りなすことができる。

「できた……かな？」

幻影の内側にいるので、完成図がわからない。事前テストでは全く見分けがつかなかったので大丈夫なはずだが、不安は残る。

そこにメレーネがやってきた。配下の吸血騎士たちを連れている。

「どう？」

「あ、うまくいきました。たぶん大丈夫です」

「良かった……」

メレーネが露骨にホッとしているので、ラシィは首を傾げる。

「どうしたんですか？」

「こちらに竜が向かっているらしいの。ただ、派遣した偵察隊がやられちゃったみたいで」

「そんな……」

偵察隊の人々やその遺族のことを思い、胸が痛くなるラシィ。

（ううん、今は生きてる人たちを守らなくっちゃ）

弔いはその後だ。

そのとき、物見塔から吸血騎士が叫ぶ。

「メレーネ様！　鳥のような何かが飛んできます！……大きい!?　まだあんなに遠いのに!?」

ラシィは恐怖に怯えるが、精神集中は乱さなかった。ラシィが気絶でもすれば術が解けてしまう。

するとメレーネがラシィの肩を抱く。

「大丈夫。……大丈夫だから」

何が大丈夫なのかは一切言わなかったが、メレーネの腕の柔らかい感触にラシィは安堵する。

「……はい」

術を乱さないように集中し、じっと耐える。

その直後、雷鳴のような轟音がベルネハイネンのすぐ上を駆け抜けていった。

「きゃっ!?」

死んだかと思ったが、特に異状はない。音はだんだん遠ざかり、やがて聞こえなくなる。

物見塔の吸血騎士が報告する。

「巨大な鳥のような何かは、直上を通過後に大きく旋回してどこかに去りました。もう見えません」

「何だったの……？」

メレーネの唇は微かに震えていたが、ラシィを見てにっこり微笑む。

「何とかなったみたいね。ありがとう、ラシィ。この街が無事だったのは、きっとあなたのおかげよ」

「は、はい」

ラシィは術の集中を保ったまま、その場にへなへなと座り込んだ。

＊　＊

魔都を守る俺は今日も会議だ。会議ばっかり。

今日の会議は魔王軍の士官が相手だ。情報伝達と哨戒任務の再検討を行う。

「ベルネハイネンの付近に竜が出現したようだ。竜は空を飛び、ベルネハイネン上空を通過後、大

きく南に旋回。ベルーザとの間にある山岳地帯を飛び、再び大樹海に戻ったと思われる」

俺の言葉に竜人や人狼、それに人間などの魔王軍士官たちが動揺している。

「やはり……飛ぶんですか？」

「竜だから飛んでもおかしくはないですが、あんな図体でよく飛べるものだ……」

俺もびっくりだが、飛んだんだから事実は受け止めねばならない。

「まあ落ち着いて俺の話を聞いてくれ。飛行能力について、手持ちの情報で検証も行った」

俺は壁に貼られた地図を示す。

「言うまでもないが、これは大樹海の地図だ。茸人族の群生地があちこち消滅してしまったのを、いずれも巨大な魔物による襲撃と判断して地図に重ねてみた」

大樹海はどこまで行っても大樹海だが、魔族の集落や川、遺跡なんかが点在している。魔王軍はそれらを目印にして地図を作っていた。別に俺の手柄ではなく、初代魔王フリーデンリヒター様の業績だ。

魔王軍の士官たちは、メモを取りながら俺の話を聞いている。

その中には俺の同僚、竜人の騎士バルツェの姿もあった。初代魔王フリーデンリヒターの側近にして名将、諸国にも武名を轟かせる二刀流の達人だ。フリーデの親友シリンの父でもある。

「ヴァイト殿、見たところ標的はかなりの高速移動をしています。襲撃地点間の距離と時間差を考えると、やはり日常的に飛んでいるとしか思えませんね」

「御指摘の通りです」

ドラゴンの巨体なら駆ければ相当なスピードが出せるはずだが、それを考慮しても間隔が短すぎる。それに大樹海の生い茂った木々が移動を阻む。

バルツェの指摘した地点は遠く離れており、しかも襲撃のタイミングがかなり近かった。

「ただし別の可能性もありえます。敵が複数いれば、同じことができます」

ガーニー兄弟の宴会芸みたいだな。右のドアから出て左の窓から入ってくるヤツだ。もう百回は見た。あれ、みんなが笑うまで真顔で延々と続けるんだよな……。

それはさておき、バルツェの疑問に答えておこう。

「その可能性もありますが、やることは変わりませんから。そのときは順番に潰していきましょう。ただ、その場合は茸人や哨戒部隊からの報告がもっと多いはずです」

考えても仕方がない。

「確実なのは、竜は空を飛ぶという情報です。まずはこの課題を乗り越えていきましょう」

魔族には空を飛べる種族がいないし、魔物の中でもごく小さなものしか空を飛ばない。飛行可能な体というのは、それだけ多くのコストを必要とするのだ。

魔王軍のベテラン軍人たちは一様に険しい顔をしている。空を飛ぶ巨大生物が相手となると、一般的な兵法は通用しない。いつどこに出現するかもわからない相手に軍勢をぶつけるのは不可能だ。

「確かにそちらの方がよほど厄介ですね、ヴァイト殿」

「はい。今こうしている間にも、我々の頭上に襲来する可能性があります」

可能性は低いけどな。

俺はさらに説明する。

「哨戒部隊からの報告も何件かあり、やはり相手はドラゴンのようだ。角と翼を持つ、赤い巨竜というのが共通している」

いずれも遠方からの目撃のみで、どの部隊も一目散に逃げ出しているのでサイズまではわからない。ただ、かなり大きいのは間違いないらしい。

「今のところ、ドラゴンが都市に接近したのは一度だけだ。ただ、活動範囲を徐々に広げている。幻術でごまかすのにも限度がある」

パーカーが消息を絶った頃は、ドラゴンは大樹海のかなり奥でうろうろしていた。

だが徐々に行動範囲が広がり、ついに平原にも出没するようになっている。やはり飛べるのは強い。

「これはゴモヴィロア陛下の仮説だが、ドラゴンは最近になって飛行能力を獲得し、徐々にその力を使いこなせるようになっているのではないか、ということだ」

この仮説の元になっているのが、ワの国で俺が遭遇した魔獣ヌエだ。大量の魔力に暴露された猫人が変異を起こし、暴れ出したものだ。

「ワの国に出現したヌエは変異を繰り返して翼を得た。あのヌエは飛べなかったが、もしかすると

やがて飛行能力を得ていたかもしれない。そして今回、ドラゴンは変異の過程で飛行能力を得た。あくまでも推論の域を出ないが、可能性としては最も高いそうだ」

　俺の言葉にバルツェは深くうなずく。

「大魔王陛下は類希な研究者であらせられます。陛下のお言葉であれば信ずるに値しますよ」

　他の士官たちもうなずいている。師匠は研究者としても絶大な信頼を得ていた。

　すると同席していた技術総監のクルツェが発言する。

「問題は対象の質量です。樹海に生息する大トカゲの二十倍の大きさと仮定すると、体重は八千倍。それが空中から襲来すれば、従来の軍事的建造物は一瞬で崩壊します。城塞や城壁は石材をまき散らすだけで逆に危険です」

　俺はうなずく。

「クルツェ殿の仰る通りです。城門を閉ざして籠城しても無意味だ。かといって平原で決戦を挑んで勝てる相手でもないだろう。なんせパーカーが行方不明になっている」

　俺は兄弟子の鬱陶しい笑顔を思い出しながら、気を取り直して説明を続けた。

「戦争ではなく狩りとして考えるなら、罠に嵌めて一気に仕留めるのが理想だ。問題は場所なんだが、協力してくれる都市がなくて困っている」

　若手の竜人士官が挙手する。

「ヴァイト様、いっそ都市から遠く離れた場所にしては？」

「それも考えたんだが補給の問題がある。集積所や宿舎など最低限の陣地構築は必要になるが、遠方だとかなりの手間だ。空を飛ぶ相手には現実的じゃない」

「確かに。兵を集めれば集めるほど、動かすのは難しくなります」

武装した集団を統率するのは大変だ。行軍では武器や鎧は邪魔にしかならないし、兵たちは自分で食料を探すことができない。勝手な行動は禁じられているからだ。

だから指揮官が全部面倒を見てやらないといけないのだが、部下の数が百人を超えた辺りから徐々にそれも怪しくなってくる。だから下士官を配して部隊を細分化し、各隊を統率させる。

だが今度は下士官が百人を超えてくるので、下士官たちを束ねる士官を用意する。

こうして樹形図のような指揮系統図ができあがる訳だが、実際に動かすと大変すぎて泣きたくなる。俺なんか早々に諦めて人狼隊だけ率いて戦っていた。

「どのみちドラゴン相手に通常の兵をいくらぶつけても意味がない。炎の一噴きでこちらは壊滅的な被害を受け、仮に追い詰めたところで敵は飛んで逃げるだろう」

前世の俺の経験上、ドラゴン退治に直接参加できるのは四人ぐらいが限界だと思う。それでも仲間同士で場所取り合戦が起きたぐらいだ。いや、ゲームの話だけど。

するとバルツェが思案しながら言う。

「では魔撃銃部隊を主力にしましょうか。近づかずとも戦えますし、威力も申し分ありません」

「あれは魔力を撃ち出す武器だから、魔力が通用する相手なら威力は絶大だが……」

どうかなと少し悩んだとき、隅の方から声がした。

「やめておいた方がいいよ。全く効かなかった」

ちょっと待て。

今の声、めちゃくちゃ聞き覚えがあるぞ。

会議室の入り口に立っているのは、魔王軍士官の制服を着た超絶美形の若い男だ。あの顔にも見覚えがあった。

「パーカー……」

「そうだよ、君の心の兄のパーカーだよ」

俺は最大限の自制心を働かせ、人狼隊に命じる。

「そいつをつまみ出せ。軍人じゃない」

「待って待って！　部外者だけど今重要な情報を持ち帰っただろ!?」

腕をつかまれそうになったパーカーはカラカラと骨になって床に散らばると、髑髏をカパカパ動かして叫んだ。

「敵は間違いなくドラゴンだった！　だがあいつには魔撃銃は効かないんだ！　あいつは純粋な魔力を糧にしている！」

「なんだって？」

俺は人狼隊を制止する。

「その骨をこっちに置いてくれ。詳しく話を聞きたい」

「本当に君は素直じゃないんだから……」

うるさいな。魔王軍の部下たちが見てる前ではしゃげるか。


パーカーは会議室の演壇に立ち、俺たちの前で報告を行う。

「最初の遭遇で骨も残さずに焼かれてね」

骨しかないだろ？

突っ込みたいのを必死に我慢する。

「数日かけて肉体の再生をしたんだけど、その間にドラゴンは何度も頭上を歩いていったよ」

その骨、自動で再生するのか？　初めて聞いたぞ？　詳しく教えてくれ。

いやいや、ここは我慢だ。

「動けるようになった後、ドラゴンの縄張りを抜けるのにまた数日かかった。あいつはどうやら縄張りの中をうろうろしているようなんだ。どれぐらいの広さなのかはわからないけど、何度も遭遇するから死ぬかと思ったよ」

いや、死なないだろ？　死ねないんだろ？

突っ込みたい。

「最終的には犬人たちの哨戒部隊が回収してくれてね。いやあ、僕を見つけたときの嬉しそうな様

子ったらなかったよ！」

骨だもんな。

「僕がいきなり喋ったらびっくりして、そのまま逃げちゃったんだけどね……。戻ってきてもらうのに苦労したよ」

目に浮かぶようだ。

相変わらずのパーカー節にちょっとだけ癒されつつ、俺は仏頂面で問いかける。

「本題に入ってくれ、兄弟子殿」

「ああ、ごめんごめん。魔撃銃が効かなかったのが一番の懸念だと思うけど、これはたぶん大魔王陛下のような超常の存在に近づきつつあるからじゃないかな。死霊術の『死の刃』も通用しなかった。あれは魔力の刃で霊体を破壊する術だから、やはり同じ理由で効かなかったんだろうね」

突っ込みだらけのトークの後は、わかりやすく冷静な分析。こんなところも相変わらずのパーカー節だ。

そして不意に真顔で彼は言う。

「あのドラゴンはおそらく『勇者』になりかけている」

竜の勇者か……強そうだ。いや、戦神と呼ぼう。竜の戦神か。物凄く強そうだ。

そんなことを考えたとき、俺はパーカーや魔王軍士官たちがこっちを見ていることに気づいた。

「どうした？」

「いや、勇者殺しの英雄といえば君のことだから、君の意見をみんな待ってるんだけど……」

そうなのか。

本当は師匠からコメントをもらえればいいんだけど、師匠は魔術師たちの指導と世話で忙しいからな。

俺は立ち上がってコメントする。

「勇者、つまり戦神化を果たした生物は不可逆的な変化を遂げる。元の生物が何であれ、戦神化すれば通常の方法では倒しようがない。相手がドラゴンなら尚更だ。勇者アーシェスの比ではないだろう」

俺の言葉に古参の士官たちが深刻な表情をする。

勇者アーシェスといえば、魔王フリーデンリヒターの居城グルンシュタット城に単身で殴り込みをかけ、信じられない数の魔族を殺してフリーデンリヒター様も殺した強敵だ。

その勇者アーシェスを倒したから俺が変な誤解を受け続けているのだが、あれはアーシェスもズタボロの満身創痍だったからギリギリ勝てただけだ。

そうでなければ俺の方が虫けらのように殺されていただろう。

「まずいことに我々の選択肢は極端に狭められることになる。対応策を講じるためには時間稼ぎが必要だが、時間を与えればドラゴンは戦神化する」

その場にいる全員が強張った表情をしている。たぶん俺もだ。

「そうなればもう誰にも止められない」

「ヴァイト様でも、ですか？」

誰かがそう質問したので、俺はうなずく。

「戦神相手では最初の一撃を防げるかどうかもわからない。大魔王陛下でも勝ち目はないそうだ。ミラルディアはおろか、ロルムンドもワも灰燼《かいじん》に帰すだろう」

「そんな……」

魔王軍の士官たちが顔を見合わせる。

「ヴァイト殿でも無理なら、もはや兵を率いて戦うどころではない」

「大魔王陛下よりも強大な相手では打つ手がないぞ」

そうだよな。

だが俺はそのとき、自分の言葉からあるヒントを得ていた。

「みんな落ち着け。確かにこれは大陸全土を脅かす未曽有の大災厄だ。だがそうなれば他国も知らん顔はできない。ロルムンドとワに協力を求め、ドラゴンが戦神化する前に倒す」

「しかしヴァイト殿、魔撃銃が通用しない相手ですよ？」

「魔撃銃だけが我々の武器じゃないし、魔法の道具全てが通用しない訳でもない」

ワに鉄砲が伝来していることはイオリの火縄銃で確認済みだ。おそらく大砲もあるだろうし、火薬を融通してもらえるだけでもありがたい。

そしてロルムンドには魔法の道具がたくさんある。皇帝のエレオラ自身がもともと技術将校だ。

「やれることはいくらでもある。我々の仕事は悲嘆に暮れることではなく、平和を脅かすあらゆる敵を打ち倒すことだ。為すべきことをしよう」

俺がそう言うと、居並ぶ士官たちが背筋を正した。

「はっ！」

「いやはや、さすがだね」

パーカーが口笛を吹く真似をした。

ああ、突っ込みたい。


パーカーから詳細な目撃情報が得られたことで、俺たちの活動は一気に加速した。

大魔王ゴモヴィロア率いる研究者たちのチームが、ドラゴンの生態や弱点について研究を開始する。

その間、ラシィたち幻術師はドラゴンが都市に近づいたら幻術で惑わせるために警戒する。

さらに魔王軍の哨戒網が樹海外縁部に張り巡らされ、何かあればすぐに報告が届くようにした。

とにかくミラルディアが自力でできることは全部やる。

それと国内にいる要人の保護も急務だな。そう、シュマル王子のことだ。

魔王の副官として政治的に決断してもいいのだが、まずは教育者として大学の教官室でシュマル

王子と面談する。

「空を飛び、魔力の奔流で辺りを焼き払う凶暴な竜が大樹海に出現した。竜は徐々に活動範囲を広げていて、南西部のリューンハイトは既に竜の活動範囲に入っていると思われる。しかも困ったことに、我が軍の魔撃銃が全く通用しない」

そう伝えると、シュマル王子は真顔で俺を見つめた。

「つまり危険だから早々に帰国した方がいい、と仰るのですね？」

「そうだ」

彼が帰りたくないと思っているのは、匂いを読み取るまでもなくわかる。彼は本当にミラルディア大学での生活を楽しんでいるからだ。

案の定、彼は渋っている。

「ですが、先生……」

「俺だって君を帰らせたくはない。君は本当に優秀な生徒で、教えていて楽しいと教官たちも絶賛している。君がここで大きく成長しているのは見ればわかるから、こんなことで学びの機会を奪いたくはない。だがな」

俺は教務簿を置いて頭を掻く。

「君はクウォール王家の最後の王位継承者だ。君が死ねば王家は途絶え、いずれ諸侯が争いを始めるだろう。それを鎮めるのは不可能に近い」

クウォール人はあまり協調性がないし、良くも悪くも野心的だが、王家に対してだけは従順だ。

王の血脈が絶えない限り、あの国は平和を保てるだろう。

「既にクウォールには魔王軍の人魚たちを向かわせた。数日で連絡が届くはずだ。そして間違いなく、ファスリーン妃は君に帰国するよう求めてくるだろう」

「それはとてもよくわかります……」

普段は驚くほど素直なシュマル王子だが、今日はやけに渋るな。当然といえば当然だが。

彼は自分の立場をよくわかっている。だがそれでも帰国はしたくないらしい。

教官としてあれこれ説得することもできたが、俺はそれ以上何も言わなかった。

彼は全てを理解した上で自分自身と相談しているのだ。だから、じっと結論を待つ。

やがてシュマル王子は俺を見て、きっぱりと言った。

「母や諸侯が何と言おうとも、僕はここに残ります」

従順な箱入り息子だった彼は親に逆らうことを決めたようだ。

政治家としては大変困るが、教官として俺は大きくうなずく。

「理由を聞かせてもらってもいいかな？」

「はい。もしここで帰国してしまえば、二度と国外には留学できないでしょう。ですが今の僕にはまだまだ学問が足りません。それにミラルディアやワの未来を背負って立つ人材との交流も不足しています」

「確かにな」

シュマル王子は学び始めたばかりだ。さすがに母国での教育で基礎はできているが、まだまだ教えるべきことが山ほどある。

彼は続けて言う。

「王としてクウォールを背負って立つだけの実力がなければ、生きていたところでどのみち国は乱れるでしょう。王家の威信は低下し、発言力も衰えています。普通の王ではダメなのです」

自国の現状と自分自身をよく理解している。立派なものだ。

これだけでもう俺はシュマル王子を全面的に支援する気になったが、それを実行に移すには政治的な段取りが必要だ。

「君もわかっていると思うが、君には責任がある。帰国しないという君の意志はあくまでも貫き通し、その上で君の責任も果たすのが最善だろう」

「はい、先生」

シュマル王子はしばらく考えていたが、やがてこう言う。

「母に手紙を送ります。私信ではなく、公文書として残す書簡を」

なるほど。王太子が王家に宛てた公文書なら、形式的にはあくまでもクウォール国内の話だ。話がどうまとまろうがミラルディアは関係ない。むしろ関与しない方が正しい。

だが一応念を押しておくか。

「もしその書簡で御母堂を説得できなかったときは、いったん帰国してもらうことになるかもしれない。本国の同意を得られなければ君の身柄を引き受けることはできないからな」

「わかっています。ですが」

シュマル王子はニコッと笑う。

「手紙のやり取りをしている間に、先生が解決してくださるんでしょう？」

そう来たか……。これはなかなかの大物だな。

俺は王太子殿下の花のように可憐な微笑みに苦笑いしてみせる。

「君の一家はいつも俺に面倒事を押しつけるな。まあいい、やってみよう」

「ありがとうございます」

我が弟子となった王太子は、ますます楽しそうに笑った。


クウォールには先に一報を入れているが、やはり外交団の派遣は必要だ。王太子を預かっている以上、いい加減な対応は信頼を損なう。

だが王太子からの書簡ともなると、運ぶ者たちにも相応の格式が必要になる。人間の社会というものは実に面倒くさい。これは異世界でも同じだ。

それに今後の状況次第ではあるが、王子の一時帰国も視野に入れておかねばならない。その辺りの打ち合わせができる者がいい。

ということでいろいろ悩んだ末、この役目はクメルクとパーカーに託した。

「本当に私が行くんですか？」

クメルクが心配そうな顔をしている。無理もない、彼は国王殺しの大悪人ザカルの元副官だ。罪に問われなかったとはいえ、道義的な責任を感じているのだろう。

だがそれについては俺も言っておくべきことがあった。

「クメルク殿はシュマル王子じきじきに赦免を得て名誉を回復したはずだ。そのことにこだわり過ぎると、逆にシュマル王子への非礼になる」

「それはそうですが……」

彼の上司であるザカルの罪状を思えば、クメルクが不安になるのも無理はないだろう。王殺しより重い罪なんかクウォールにはない。

「シュマル王子が赦したと言えば、クウォール王家はもう何も言わない。王家が何も言わないのなら諸侯も何も言えない。王子を信じろ」

「わかりました」

クメルクが敬礼する横で、パーカーが気楽そうにカタカタ笑っている。

「心配しなくても僕も一緒だからね。護衛ぐらいはできるし、メジレ河流域の諸侯ともコネがある」

兄弟子の言葉に俺もうなずいた。

「そうだ。一方、沿岸部の諸侯はクメルク殿の方が顔が利く。バッザ公ビラコヤ殿がクメルク殿を高く評価しているからな」

恐ろしいことにあのお婆さん、九十近くになってもまだ現役なんだよな。

「パーカー、今度はもう行方不明になるなよ？」

「わかってるさ。君の心の支えになるべき兄が、君の心の重荷になっちゃ本末転倒だからね」

「いやもう行方不明になっても『またか』ぐらいにしか思わないだろうから、それは別にいいんだ」

どうせ死なないんだから心配するだけ損だよな。いつも勝手に戻ってくるし。

まだしつこく喋っている骨をクメルクに押しつけ、とりあえず二人を送り出した。

さあ次だ、次。

シュマル王子の件も重要だが、それ以上に重要なのが近隣国への救援要請だ。ミラルディアの技術と資材だけでは不安が残る。

まずはワから大砲を借りてこよう。今から設計して試作品の試射を繰り返すよりも、現物と技師を海路で運んできた方が圧倒的に早い。

「とりあえずワにはマオを向かわせる。あいつは在野の商人だが、ワ出身で太い人脈を持っている」

俺がそう伝えると、カイトが露骨に不満そうな顔をした。

「あいつは悪徳商人ですよ。ろくでもない交渉をするかもしれません」

「クウォールに派遣したときは交渉をうまくまとめてきたし、たぶん大丈夫だろう。もし心配ならお前も一緒に行けよ」

「俺がですか!?」

びっくりした顔のカイトに俺は首を傾げる。

「お前たち仲良しだろ？」

「全然違いますよ!?」

いやでも、よく二人で喧嘩してるからな。本当に仲が悪いのならお互いに顔を合わせないようにするはずなのに、自分から会いに行って喧嘩している。

「北部に潜入した頃からの付き合いだし、あいつが賄賂を贈ろうとしないのは俺とお前だけだから、特別扱いされてるのはみんな知っているぞ」

「知りませんよそんなの」

もういい歳なのに面倒臭いヤツだな。

「どのみち魔術的な知識が必要になるから、誰か行かなきゃいけないんだ。お前はミラルディアの魔術総監だから外交的にも格が高いし、実績も実力も申し分ない」

「俺は行きたくありません」

俺の副官が俺の言うことを聞かないんだが、どうすればいいんだ。

「じゃあ仕方ない。マオの手綱を握れそうなヤツがいないし、あいつを野放しにしてワに送るか……」

「さすがにそれはダメでしょう。わかりました、俺が行きます」

お前は何がやりたいんだ。まあいいや、手間が省けた。


クウォールとワの件を処理していたら、もう日が暮れてしまった。

窓から差し込む夕日を見て、俺はふと気づく。

「俺、ここから全然動いてないな……」

ドラゴン騒ぎが起きてから、まだ一度も魔都リューンハイトの外に出ていない。ずっと働きづめなのに不思議な気分だ。

だがもし俺が前線に出てしまうと、俺がやっていた仕事が魔王アイリアのところに回ってしまう。アイリアはアイリアで普段の政務を担当しているから、ドラゴン対策の仕事まで背負い込んだら処理能力をオーバーしてしまうだろう。

つまり今の俺は前線に出ることができない。

今の俺に求められている働きは軍人でも魔術師でもなく、みんなの調整役……まあ政治家のようなもの、ということになるんだろうか。なんだか寂しいな。

でもそれが俺の仕事なら、俺がやるしかない。違う仕事は違う者に任せよう。

さて、最後はロルムンドだな。

うってつけの適任者がいるが、やはり心配だ。


「そういう訳でフリーデ」

「はい」

キリッとした顔のフリーデ。ぴかぴかの制服に身を包んでいる。魔王軍士官の制服だ。

フリーデたちはまだ学生だが、来年には卒業する。今回は非常事態ということもあり、在学中に魔王軍に入隊させることにした。

本当はもっと魔術の勉強をさせてやりたかったんだが、今は人材が一人でも欲しい。ミラルディアの危機だ。

俺は我が娘に評議会からの決定を伝えた。

「評議会はロルムンドへの外交団派遣のため、魔王軍に人材協力を要請した。魔王軍はこれを承諾し、フリーデ・アインドルフにロルムンド外交団への随行を命じる」

「はい、ヴァイト閣下！」

ぴしっと敬礼。初々しいが立派なものだ。ちょっと目頭が熱くなってきた。

するとフリーデが照れくさそうに笑う。

「こんな感じかな、お父さん？」

「そんな感じでいい」

フリーデは公私の区別をつけるのがまだ恥ずかしいらしくて、すぐに元に戻っちゃうんだよな。

せっかくなので今度は父親として我が子に伝えておこう。

「本当はお父さんがロルムンドや大樹海に出向いて事態解決に動きたかったんだが、ここでお父さんが動くと魔王軍も評議会も大混乱に陥る」

「だよね」

「どうやらお父さんは偉くなりすぎてしまったらしい」

思わず溜息をついたらフリーデが苦笑した。

「お父さん、偉くなるのが嫌なの？」

「偉くなるのが好きなタイプには見えないだろ？」

あまり責任が重くなくて、それでいてみんなからそこそこ認められているぐらいの地位がいいです。魔王軍にやたらと大勢いる「副官」の一人だった頃が、一番気楽だったな。

「お父さんはそんなに優秀じゃないし、大勢の人を動かすような人望もないからな。一番前で敵と戦っているのがいいよ」

「お父さんがそれを言い続けているから、お母さんが苦労してるんだよ？」

「そんなこと言ってた？」

「うん」

妻と娘がそんな会話を……。少し反省する。

「まあそう思ってたんだけど、お父さんはもう最前線には出られない。ここに残ってみんなを支えるのがお父さんの役目だ。だから代わりに最前線を任せられる誰かが必要なんだ」

「はいっ！　私っ！」

フリーデが元気に挙手する。

大事な娘にそんな危ないことをやらせたくはないんだが、本人にやる気と実力がある以上、親のエゴで止める訳にもいかない。ロルムンドでもワでも、フリーデは俺の期待以上に活躍してくれた。

だから俺は不安を押し隠して微笑む。

「ああ、頼んだぞ。フリーデが行ってくれるのならお父さんも安心だ。ただし」

「『無事に帰ってこい』でしょ？」

「うん」

すみません、心配性のお父さんで。俺の心配性のせいで余計な苦労をかけてるかもしれないな。

だがフリーデはちょっと嬉しそうに笑ってくれた。

「大丈夫、ちゃんと無事に帰ってくるから。それが一番の親孝行だからね」

そう、そうなんだよ。それでいい。お前のいない世界じゃ俺もアイリアも幸せになれない。

「そういうところも含めて立派になったな」

「そう？」

前世ならこの子はまだ女子高生をやっている年齢だが、今や立派な魔王軍士官候補生だ。ミラルディア大学魔術科の課程をほぼ終え、魔術師としてもある程度通用するようになっている。

そして人情の機微をよく理解するようになった。俺の親心にも理解を示してくれている。

俺は再び魔王の副官に戻り、表情を引き締める。

「フリーデ・アインドルフ。君の役目はロルムンド帝室の人脈を使い、帝国の優秀な魔術師や技術者を連れてくることだ。ついでに機材も借りてきてくれ。めぼしいものをリストアップさせている」

「はい、ヴァイト閣下！」

ぴしっと敬礼。うんうん、立派になった。

ミラルディアで魔撃銃部隊の創設が続いているため、ロルムンドは魔撃銃に対抗する兵器を開発しているはずだ。機密のベールに覆われてなかなか見えてこないが、ときどき入ってくる情報にはそれらしいものがある。

ドラゴンは魔力のブレスを吐く。勇者アーシェスも魔力の刃で周囲を薙ぎ払っていたが、いずれも魔撃銃と同じ原理だ。魔撃銃への対抗策があれば応用できる。

「今回、君の立場は正式な外交官となる。随行する補佐官の人選は任せる。頼りになる者を数名連れて行くといい」

「じゃあユヒテとシリンとヨシュアとイオリにします！　あと猫人の忍者も！」

一切の躊躇なく人選を完了させてきた。予想通りではあるが。

「いいだろう。こちらで手続きを済ませておく。ただちに出立の準備をしてくれ」

「はい！」

敬礼するフリーデを見つめながら、俺は少しずつ時代が前に進んでいるのを感じていた。

あ、そうそう大事なことを伝えておこう。

「フリーデ」

「なに、お父さん？」

もう普段のフリーデに戻っている。緊張感が乏しいのは悪いことではないが、やっぱり不安だな。

「お父さんはお前にいろいろなことを教えた。学問も魔術も武術もな」

「あと、ニホンっていう国の面白いところも！」

うん、面白い国だよ。いろいろ不満はあったが、たまに無性に帰りたくなる。

俺は軽く咳払いしてから話を続ける。

「これからお前は様々な困難に直面するだろう。そのときお父さんはお前の隣にはいない。駆けつけてやることもできないはずだ」

「そうだよね……」

風紋砂漠のときみたいにはいかないだろう。

だが親が一生、子供を守り続けることなんかできっこない。なるべく助けてやるつもりではあるが、最後に運命を切り拓くのはフリーデ自身だ。

「そのときにお前を守ってくれるのが、お父さんが教えた知識や技術、そして考え方だ。そしてたぶん、最も基礎的なものが最もお前の力になるだろう」

「基礎的なもの？」

「格闘術なら平凡な突きや蹴りが、魔法なら初歩の術が一番頼りになる。それはお前が長年かけて磨き上げてきたものだ。積み重ねてきたものを大事にしろ。自分自身を信じるんだ」

俺の娘はもう、俺の手を離れようとしている。父親としてはこんな言葉しか贈ってやれない。

「お父さんは転生した後、人狼の力と魔法の力を手に入れた。だが一番役に立ったのは、前世でさんざん苦労した『人の世の渡り方』だったよ」

「お父さんの交渉力は伝説になってるもんね」

人狼の姿で中身が人間だと交渉がめちゃくちゃスムーズなんだよな。硬軟使い分けつつ、外見とのギャップで落とせる。

「だからフリーデ、むやみに必殺技や奥義に頼るな。危険なときほど基本に立ち返れ」

「はい、お父さん」

フリーデは真剣な表情でうなずき、それからニコッと笑ってくれたのだった。

＊　＊

「ミーチャに会えるぞ〜。ミーチャに会えるよ〜」

私は鼻歌を歌いながら荷造りしていた。

でもイオリが不機嫌そうにしている。

「ミーチャ皇女は他国の姫君です。どれだけ親しくなっても警戒なされますように」

「イオリも他国の姫君だよね？」

「うっ!?」

イオリの顔が引きつり、それからみるみる赤くなった。

「姫？　私が？」

「多聞院評定衆に名を連ねる名家・ミホシ家の跡取り娘でしょ？」

「いえ、跡取りになる気はもうありませんし、そもそも養女ですし」

ごにょごにょ言いながら、イオリは反論してきた。

「私はもうミラルディアの人間になったつもりです。ミーチャ皇女とは違いますよ」

「ミラルディアの一員になってくれたんだ。ありがとう、嬉しいな」

「ううっ……」

イオリが視線をそらして口元を押さえる。苦しんでいるように見えるけど、凄く喜んでいるのが

匂いでわかった。でも、なんでそんな反応になるのかよくわからない。

とにかくイオリが静かになったので、私は荷造りを再開する。

「イオリも一緒に行こうね。きっとミーチャと仲良くなれると思うから」

「まさか?」

フッと笑うイオリ。どうやら仲良くなれないことに相当な自信があるらしい。

それからイオリはふと、心配そうな表情になった。

「ロルムンドにはフリーデが行くから成功は約束されたようなものですけど、ワとクウォールは大丈夫でしょうか?」

「むしろそっちは大丈夫だと思うよ。ベテランばっかりだし」

私も頑張らないとなあ。

* *

「犬猿の友」

多聞院評定衆を前にして、ワ出身の悪徳商人マオは弁舌さわやかだった。

「要するに今回の戦いはヌエ退治の再現に過ぎないのですが、いささか大物なのでヴァイト殿は我

が国のお力をお借りしたいそうです」

マオにとって「我が国」など存在しない。生まれ故郷のワからは重罪人の濡れ衣を着せられて追われた。名誉を回復したとはいえ、もう戻る気にはなれない。

新たな本拠地となったミラルディアはあくまでも異国だ。ミラルディア出身者のような考え方はできない。マオは孤独だ。

だが同胞意識を刺激すれば何かと有利なので、マオはその場によって自分の立場を使い分けている。ヴァイトの名を出すのも、多聞院相手には絶大な効果があるからだ。

隣ではカイトが苦り切った顔をしているが、マオはあまり気にしていなかった。いつものことだ。

しばしの沈黙の後、評定衆筆頭のトキタカが口を開く。事実上の国家元首であり、イオリの養父でもあった。

「それでマオ殿、ヴァイト殿はどのような助力をお求めかな？　それ次第でこちらの返答も変わってきましょう」

獲物が針に食いついた。マオはニヤリと笑う。

「我が主はこう申しております。願わくば『大筒』を、と」

「ふむ……」

トキタカの表情が険しくなる。

ここが商人の戦場だ。マオは一気《いっき》呵成《かせい》に斬り込んだ。

「イオリ殿の短筒は私も拝見いたしました。あれほど優れた武器はワの誇りでございましょう。大筒にしても、ただ持っているだけでは役に立ちません。外交に使わねば損です」

すかさず評定衆の一人が口を挟む。

「控えよ、マオ殿。大筒はワの国防上の最重要機密であるぞ。軽々に判断はできぬ」

するとマオはニンマリと笑った。

「やはり存在するんですね、『大筒』とやらは」

「むう……」

公然の秘密ではあるが、ワは大砲の存在や保有を公には認めていない。火薬そのものが観星衆など一部のエリート部隊が独占する秘伝の兵器だ。

思わず口を閉ざした評定衆だったが、マオの攻勢は止まらない。

「御安心ください、魔王軍にも火薬を使った兵器は存在します。ただ大筒を鋳造する設備がありません。そんなものを作っている暇もありませんしね。できれば早々にお貸し頂きたいんですよ」

「だから軽々に判断はできぬと申しておる」

「おやおや、いいんですか？」

マオは薄ら笑いを浮かべてみせた。

「お貸し頂けないのなら、諦めてミラルディアで鋳造するしかありません。ただまあ、竜退治に使った後に大筒を鋳潰す理由もありませんから、そのまま魔王軍に配備されるでしょう」

貸してくれなければ自分で作って保有するぞ。マオはそう脅迫しているのだ。

もちろんそれに気づかない評定衆ではない。

ただし向こうも百戦錬磨の古狸たちだ。すぐに反論してくる。

「あれほど大きな鉄の鋳物、しかも並外れた強度が必要とされる代物です。そう易々とできますかな？　できないからこそワにいらしたのでは？」

それは事実だ。ミラルディアには様々な技術があるが、鋳造技術に関してはロルムンドやワにやや劣る。

しかしマオは全く動じなかった。

「いえいえ、作っていいのならすぐにでも溶鉱炉の建造を始めますが、生産設備まで作ってしまったら後には引き返せませんからね。それにミラルディアには自前の鉄鉱山がありますし、燃料も大樹海から伐り放題ですから」

大砲を大量生産して魔王軍に配備するぞと、さらなる脅しをかけていく。

さらにダメ押しだ。

「ミラルディアの竜人族は鉄鉱山などを保有する山岳民族で、鉱物の扱いに長けています。特に製鉄はヴァイト様の命令で研究と普及が進められていますので」

「むう……」

ヴァイトの名前を出すだけで面白いように効く。

マオは相手の反応を見て、いったん攻め手を緩めた。懐柔に出る。

「ただミラルディアが城攻めの武器を大量に持てば、近隣の国々からあらぬ誤解を受けるでしょう。無用の緊張を生みたくないんですよ」

「よく言う……」

誰かがぼそりと呟いたが、もちろんマオは知らん顔の笑顔だ。

「それに大筒では畑を耕せませんからね。鉄鉱石も燃料も有限ですから、借りて済ませられるのならその方がいいでしょう。用が済んだらお返ししますし」

「ずいぶんと身勝手な言い草だな」

評定衆の一人が渋い顔で言うと、マオは微笑みと共に切り返す。

「我々は同盟国……ですよね？」

「左様。だが礼節と配慮は必要だ。国防に関わることゆえ、簡単にはお貸しできぬ」

「まったくです。礼節と配慮はお互いに必要ですとも」

マオはそう言い、ふと思い出したような顔をする。

「ヴァイト様はこれまで、ワに対して礼節と配慮を忘れずに誠心誠意向き合ってきました。あんなことやこんなことまでして、随分と危ない橋を渡ってきたでしょう？」

実はマオは「危ない橋」とやらが何なのかは知らない。

ただ「しこたま貸しを作ってあるから揺さぶれ」と言われたから実行しているに過ぎない。商人

にとって真実はさほど重要ではなかった。

「ヴァイト殿は例の件についても秘密を守っておられます。ですがまあ、薄情者相手にそんな義理を貫く必要もありませんよね」

もちろん「例の件」が何なのかわかっていないのだが、とにかく揺さぶりをかけるためにハッタリでぐいぐい押していく。マオはこの度胸だけで生き延びてきた。

だがそのとき、絶妙なタイミングでカイトが割って入る。

「おいよせ、失礼だぞ」

「おっと、これは魔王の副官のそのまた副官殿」

マオはカイトに皮肉の塊を投げつける。

カイトは険しい表情だ。

「お前のやり方は強引すぎる。それに失礼だ」

「あなたは多聞院のやり方を知らないからそんなことが言えるんですよ。隠蔽、根回し、圧力。あなたが辛酸を舐めさせられた元老院なんかより、よっぽど手強い連中なんです」

「だからそれをここで言うなって言ってるんだ」

外交団のマオとカイトが喧嘩を始めたので、評定衆は困惑顔だ。唯一、トキタカだけが普段通りだった。

二人の諍いはさらに続く。

「だいたい交渉の切り出し方がおかしいんだよ！　科学的な説明が先だろ!?」

「私は学者じゃありませんから、そういうのはあなたがやらないと」

「だったら喋らせろよ！」

マオとカイトの口論をぼんやり見ていた評定衆だったが、トキタカが軽く咳払いをした。

「カイト魔術総監殿。ミラルディアの智を代表する貴殿の説明は傾聴に値します。ぜひお聞かせ願いたい」

「あ、はい」

カイトはマオをしっしっと追い払い、トキタカに向き直る。マオも即座に黙った。

ここからはカイトの本領発揮だ。

「ドラゴンは大抵の城壁ならひとまたぎする大きさで、口からは周囲一帯を焼け野原にするほどの業火を吐き出します。その高熱は砂をガラス化させるほどです」

懐からガラス化した砂を取り出すカイト。

一同の視線がそれに釘付けになったところで、カイトは予定された手順で説明を進めた。

「討伐するには高威力かつ長射程の大型兵器が必要ですが、魔撃銃の光弾は効果がありません。このドラゴンは魔力を吸うのです」

「厄介ですな。ならば投石器ではいかがです？」

トキタカがそう言うと、カイトは即座に首を左右に振った。

「あれは大きく弧を描いて飛びますので、初弾ではまず当たりません。ドラゴンは動き回りますので修正射の暇はありませんし、反撃を受ければ第二射の機会はないでしょう。その点、『大筒』はあまり弧を描かずまっすぐに飛ぶと聞いています」

「確かに理に適っております。ふむ……」

トキタカはうなずき、思案する表情を見せた。

「ワには確かに大筒があります。しかし本格的な戦は一度も起きておりませんので数は少なく、砲手もさほど熟達しておりません」

評定衆が手の内を明かしてきた。建前を剝がし、本音に少し近づいた感がある。

カイトもそう感じたのか、ちらりとマオを見た。選手交代だ。

阿吽《あうん》の呼吸で、すかさずマオが斬り込む。

「数門でも大きな力になります。もちろん見返りはあります。ヴァイト様は魔撃銃を百挺ばかりお譲りしたいと」

「なんと」

ワは大砲や火縄銃を持っているが、魔撃銃は持っていない。既にロルムンドやミラルディアでは主力兵器として普及しつつあり、クウォールでも魔撃銃部隊の創設が進んでいる。

諜報に重きを置くワがそれを知らないはずはなく、魔撃銃の普及は課題になっているはずだ。魔撃銃をちらつかせれば多聞院は動く。ヴァイトはそう指摘していた。

（どうせ一世代前の旧式ですから、さほど惜しくはないそうですけどね。仮に撃ち合いになっても魔王軍の圧勝だそうですし）

内心でそんなことを考えつつも、表向きは苦渋の決断のような顔をするマオ。

「もちろん魔撃銃はミラルディアでも数が足りておらず、一挺でも手放したくないのが本音です。とはいえ大筒をお借りする以上は相応の『礼節と配慮』は必要でしょう」

「ふーむ……」

評定衆は顔を見合わせる。

ワ出身のマオにはわかるが、これは交渉成功を意味している。

そして次の言葉もまた、マオの予想通りだった。

「少しばかり皆で相談しますので、少々お待ちを」

「どうぞどうぞ」

にんまりと笑うマオだった。

*　　　*

「クウォール派遣隊」

その頃、海を遠く隔てたクウォールでも、黒狼卿ヴァイトの一味が策謀を開始していた。

「シュマル王子の身に何かあっては大変ですので、ただちに帰国するように私たちも強くお勧めしました。魔都リューンハイトは大樹海に近く、大変危険ですので」

ヴァイト直属の外交官であるクメルクは、ファスリーン王妃に弁明する。

「ただ殿下は帰りたくないと仰せになられました。道中の安全が保証できない以上、どこにいても同じだと。そしてこの書簡をお渡しするよう、仰せつかっております」

今なおクウォール一の美女と名高いファスリーン王妃は、物憂げな表情で手紙を受け取る。

「この書式、公文書ですね。ティリヤが書式を整えたのでしょうか？」

「はい」

クウォールに帰らないとごねるシュマル王子に対して、ティリヤは意外にも全く異論を唱えなかった。「本当にどうしようもないんですから、殿下は」などとぼやきつつ、ササッと書類を作ってくれたのだ。

その光景を思い出し、クメルクは申し訳なさそうに頭を下げる。

「私はてっきりティリヤ殿が殿下をお諫めくださると思っていたのですが……」

「あの子は本当に危険なら、たとえシュマルを殴り倒してでも連れ帰ってくれます。ティリヤが反対しなかったのなら、現地の安全は確保されていると思っていいのでしょうね」

そう答えたファスリーン王妃だったが、やはり表情は優れない。

「確かに異国からの帰路については危険だと念入りに書いてあります。息子がそのような魔物に襲われるなど、考えただけでも気を失ってしまいそうです」

「申し訳ございません、このような有様で」

深々と頭を下げるクメルク。

しかしパーカーが気楽そうに笑う。

「魔物の脅威は有史以来ずっと続いているんだ、今さらだよ。それに王妃殿下、心配はいりませんよ。シュマル王子の御身に危険が迫ったら、大魔王陛下が転移魔法で脱出させてくれますから」

ファスリーン王妃はその言葉に顔を上げる。

「それは真ですか？」

「はい、ミラルディアのどの都市にも転送できる術式が既に用意されています。それにミラルディア一の予知術師と名高いミーティ師もいますから、襲撃は事前に察知できます。魔都リューンハイトにいる限り、危険はほとんどありませんよ」

これは事実だ。シュマル王子はミラルディアとクウォールの同盟関係に不可欠の存在であり、どんな手段を使っても守り抜かなければならなかった。対策はできている。

「それを聞いて安堵いたしました。それに魔都にはヴァイト殿もおられるのでしょう？」

「そうです。だからクウォールには来られませんが、シュマル殿下をしっかりお守りしていますよ」

パーカーの説明にファスリーン王妃はかなり安心したようだった。

「あの方がおられるのなら何も恐れることはありませんね」

そう言って息子からの手紙に視線を落とした彼女は、ふと穏やかに微笑む。

「周囲に波風を立てぬように全てを受け入れてきたあの子が、こんなにしっかりとした意見で私に反論してくるとは思いませんでした」

「申し訳ございません」

クメルクがますます平身低頭するが、ファスリーン王妃は首を横に振る。

「いいえ、嬉しいのですよ。シュマルは本当に良い子に育ってくれましたが、あまりにも柔和すぎるのが不安の種でした。王は賢く慈悲深く、そして強くあらねばなりません」

「ファスリーン様……」

クメルクは言葉を失っている様子だ。

ファスリーン王妃は夫を殺されており、それが今の発言につながっているのは明白だった。そして彼女の夫を殺したのは傭兵隊長のザカル。クメルクの元上司だ。

しかしファスリーン王妃はクメルクに対して恨み言ひとつ言うでもなく、あくまでも穏やかに頭を下げる。

「シュマルをミラルディアに留学させたことは、やはり間違いではありませんでした。クメルク殿、パーカー殿。どうか息子とティリヤをお頼みします」

「かしこまりました」

そう言ってパーカーも微笑む。

「ティリヤ君のことも気遣っておられるのはさすがですね、王妃殿下」

「息子の親友は私にとってもかけがえのない存在です。王は王のみでは王にあらず、人の心を束ねてこそ王なのだと学びました。それにティリヤは本当に良い子ですから」

その言葉にパーカーはちょっとおどけてみせる。

「殿下への態度が酷すぎると一部で評判ですが、あれでいいんですか？」

「私や他の者が甘やかしてしまう分、ティリヤが引き締めてくれるのですよ。本当に得がたい友です」

ファスリーン王妃は美貌だけで先王パジャム二世に見初められたのではなかった。教養と知性も兼ね備え、王家の一員としての覚悟と胆力も持ち合わせている。

彼女を敬愛するパーカーは恭しく頭を下げた。

「誠に敬服の至りです、王妃殿下。私がクウォールの民なら、殿下に永久《とこしえ》の忠誠を誓ったことでしょう」

「まあ……」

絶世の美男に褒められ、ファスリーン王妃もまんざらではない様子だ。

場の雰囲気がずいぶん和やかになったところで、クメルクはもうひとつの用件を切り出した。

「実はもうひとつ、御相談したい件がございます」

実はクメルクは先ほどよりも遥かに用心深く言葉を選んでいた。

クウォールでは王族にあまり直接的なお願いをすると非礼とされる。先王パジャム二世は一介の傭兵隊長から服従を強要されたが、殺されるとわかっていても要求に応じなかった。

それを理解しているクメルクは、じわりじわりと慎重に落としどころを探っていく。

「シュマル殿下の御身はお守りできますが、事態の沈静化には未だ決め手を欠いております。竜の相手は人間には到底無理で、魔族の中でも人狼など一部の種族にしかできないことが多いのです」

「それはお困りでしょう。しかし私の一存では……」

ファスリーン王妃は少し困った顔をしてみせるが、それが外交上の駆け引きなのもクメルクたちは理解していた。

クメルクは王妃の立場に理解を示す。

「やはり諸侯会議で諮《はか》ってみねばなりませんか」

「ええ、王が王のみでは王になれないように、王家も王家のみでは成り立ちません。諸侯との良い関係あっての王家です。特に今は王家が弱体化しており、諸侯の同意なくしては一兵たりとも動かせないのですよ。とはいえ……」

ファスリーン王妃は笑う。

「クメルク殿が沿岸部の諸侯を、パーカー殿がメジレ流域の諸侯を、それぞれ説得してくださるの

でしょう？」

参ったなと内心で苦笑し、クメルクは恭しく頭を下げる。

「はい、殿下。会議までには根回しをしておくつもりです」

「でしたら私が気を揉む必要はありませんね。諸侯にも利のある取引をお願いいたします」

「御期待にお応えできるよう尽力いたします」

そう約束したところで、ファスリーン王妃は急に話題を変えた。

「ところでクメルク殿、ミラルディアでの暮らしはいかがですか？」

「殿下の前でこう申し上げて良いのか恐縮ですが、大変に良い国です。活気と秩序が共存し、前へ前へと進んでいる感じがいたします」

クメルクの答えに王妃は微笑む。

「私はクメルク殿の待遇をお聞きしたつもりだったのですが、その様子なら聞くまでもなさそうですね。それほどまでにミラルディアを愛しておられるのなら、ヴァイト殿や皆様から良くして頂いているのでしょう？」

「はい、とても」

クメルクは頭を掻く。

「ミラルディア南部にはクウォール人の子孫が大勢おりますが、クウォール生まれの者はまだほとんどおりません。しかし分け隔て無く処遇して頂き、このように外交官として重く用いられており

ます」

「それこそがミラルディアの強さ、なのでしょうね」

ファスリーン王妃は何か考えている様子で小さくうなずいた。

「我が国も沿岸諸侯と流域諸侯の対立が収まり、周辺の遊牧民たちとの争いも減って、急激に力をつけてきました。異なる者同士が対立せずに手を結べばどれだけ強いか、日々実感しているのですよ」

王妃はそう言ってから、クメルクに伝える。

「やはりミラルディアは良き友、良き先達です。この窮地は救わねばなりません。人虎族に援軍を要請します。それをお望みなのでしょう？」

ファスリーン王妃の言葉通り、今回の目的はそれだ。

ワの大砲は非常に重く、動き回る竜を相手に照準を定めるには人間離れした怪力が必要になる。だが巨人族では巨体が邪魔になる上、手が大きすぎて細かい操作が難しい。

ミラルディアの人狼たちは土地勘を生かして偵察などに出ているため、追加の人員が必要だった。

ミラルディアやロルムンドの人狼たちとは異なり、クウォールの人虎は有史以前から安住の地で暮らしており人口も多い。

聖なる山カヤンカカを守護する人虎族は、クウォール王家と深いつながりがある。人狼に匹敵する強さを誇るので、少人数でも心強い戦力になるだろう。

クメルクは深々と頭を下げた。

「お心遣いありがとうございます、殿下」

するとファスリーン王妃は、ちょっと悪戯っぽい表情で笑った。

「その代わり、この件が片付きましたら人虎族のために少々お願いしたいことがございます。ヴァイト殿によろしくお伝え頂けますか？」

「はっ」

何だろうと思いつつも、とにかくクメルクは頭を下げたのだった。

＊　＊

「交渉の経過は順調なようだな」

魔力通信機の通話をオフにした俺は、評議会への報告書をまとめ始める。

我が愛する魔王のアイリアも同室で書類仕事をしていたが、ふとおかしそうに微笑んだ。

「まるで交渉が成功すると最初からわかっていたような顔ですね」

「ワにはマオとカイト、クウォールにはクメルクとパーカーを送ったんだ。あの古参連中ならそれぐらいはやってくれるよ」

いずれも相手国に強力なコネを持っているか、十分な発言力のあるベテランたちだ。それだけに

今ここにいないのが痛いが、残っている俺たちが頑張るしかないだろう。

「さて、残るはロルムンドに派遣した我が娘たちだが……」

もう派遣できるベテランが足りないので、あそこだけは若手……というか新米のフリーデたちに行かせたんだよな。不安だ。

すると俺の不安を感じ取ったのか、アイリアが慰めるように言ってくれる。

「ロルムンドのことでしたら、アシュレイ殿も同行してくださっていますから何も心配はいりませんよ？」

「彼の表向きの身分はロルムンドの駐ミラルディア大使だからな。ミラルディアの利益を優先したら裏切り者になってしまう」

表向きはともかく、実際には王朝交代で譲位させられたアシュレイをタダ同然でもらってきた。彼の俸禄はロルムンドの国庫から出ているので本当にタダ同然だ。

先帝であるアシュレイがロルムンド国内にいると反エレオラ派が勢いづくので、彼はミラルディアに拠点を移した。今は俺たちの頼もしい仲間だ。

とはいえ、それでもやはり彼はロルムンドの人間だ。

「アシュレイ殿も自国内での発言には慎重にならざるを得ない。フリーデたちの後始末を押しつけることはできないよ」

しかしアイリアはそれほど心配していない様子だ。

「大丈夫ですよ。フリーデたちは先のロルムンド留学で、ミーチャ殿下たちと親交を深めたのでしょう？」

「個人的に親しくなるのと、外交がうまくいくのは別の話だからな」

もちろん親しい方がいいのは間違いないが、私情で甘い判断をするほどエレオラたちは愚かではない。あの反乱と暗殺ばかり起きる国を豪腕で治めているのだ。

「俺はむしろ、フリーデの方が私情で譲歩してしまうんじゃないかと心配しているんだよ」

「あなたに似て本当に根がお人好しなんですよね」

俺はお人好しじゃない。ただちょっと気が小さいだけだ。恨まれるのも敵を増やすのも怖い。できればみんな味方でいてください。

でもアイリアは何だかおかしそうだ。

「あなたもフリーデもあんなに武名を轟かせているのに、妙に遠慮がちなのが不思議ですね」

「俺は前世の性格そのままだから仕方ないよ。前世の俺の国はみんな遠慮がちで、気配りだらけで誰も彼もが疲れ果てていた」

ミラルディアの人たちぐらい図太くなれたら、前世の俺もストレスはなかっただろうなあ。もっともそれじゃ職場で浮いてしまうだろうけど。

アイリアは立ち上がると、俺の肩にそっと手を置く。

「そんな世界から来たあなただから、私は好きになったのですよ。ヴァイト」

「今さら口説いても何にも出ないぞ」

　こういうの前世の漫画で見たことあるけど、男女逆だった気がするぞ。うちの嫁さんがイケメンすぎる。

　でもまあ、好きだと言われると嬉しい。

「君に愛されなくなると困るから、今後もお人好しでいようと思う」

「そんな心配ありませんけど、ぜひそうしてください。公私の区別を忘れないあなたなら何があっても大丈夫ですよ」

　励まされてしまった。もしかして俺、結構心配されてるんだろうか。疲労が顔に出てるのかもしれない。

　と思っていたら、こんなことを言われる。

「そんなあなたが育てた子ですから、フリーデのことも心配いりません。そちらも気にしないでくださいね？」

　あ、じわりと魔王の威厳が感じられる。これは「グダグダ悩んでないで仕事をしろ」と言っているな。

　魔王に逆らえる者などいるはずがないので、俺はビシッと敬礼する。

「承知いたしました、我が魔王陛下」

「お願いしますね。後でお茶をお持ちしますから」

そう言って愛しの魔王陛下は俺の頬にそっと口づけしてくれたのだった。

おかげで仕事がバリバリはかどったのは言うまでもない。

＊　＊

「ふぇっくしょん！」

私は盛大にくしゃみをした後、妙な確信を抱いていた。

「今、お父さんとお母さんが私の話をしている気がする……」

「くしゃみと何か関係あるの、それ？」

シリンが疑わしそうな顔をしているので、私はお父さんから教えてもらった知識を披露してあげた。

「くしゃみをするときは誰かが自分の噂話をしてるんだって」

「何それ、人間の迷信？」

シリンは一瞬で興味を失った様子で、ロルムンドの兵法書に視線を戻してしまう。彼はいつだってそうだ。

「迷信でもいいじゃない、楽しければ」

「別に楽しくないよ」

でもイオリだけはうんうんとうなずいてくれた。

「ワの古い言い伝えですね。さすがフリーデは何でもよく知っている……」

「あ、うん。ありがと」

誤解を解く方法を思いつかなかったので、私は親友に笑いかけておく。

するとミーチャが呆れたように口を開いた。

「また脱線してるわよ？　変わらないわね」

「あ、ごめんごめん」

ここはロルムンド帝都にある宮殿。前に一度来た場所だ。この客間にも見覚えがある。

ミーチャは腕組みして、ふんすと鼻息を荒くした。

「まったく、直接会うのは何年ぶり？　手紙の返事はなかなか来ないし、やっと会えたと思ったら公務だし。もっと遊びに来なさいよ」

「手紙は届けるのにメチャクチャお金がかかっちゃうから、そんなにしょっちゅうは無理だよ。時間がかかるし」

私は苦笑する。たぶんミーチャは皇女様だから、手紙を交易商に預けるときの手数料を知らないんだろう。

アインドルフ家はマオさんの商会と年間契約をしているから格安だけど、それでもロルムンド行きだと結構取られる。

お父さんの前世の世界なら、配達料金は百分の一ぐらいで済むらしい。子供のお小遣いで何通も送れてしまう。うらやましい。

それにこの世界の場合、直行便じゃないから何日もかかる。商会の隊商から隊商へどんどん渡していくんだけど、中継できなくて途中の街で足止めをくらうことがよくあるんだそうだ。

「評議会で郵便制度……とかいうのを検討中らしいから、それができたらもうちょっと手紙のやり取りがしやすくなると思うよ。手紙だけを運ぶ仕事を作って誰でも使えるようにするんだよ」

「それはまた贅沢な制度ね……興味深いわ」

ミーチャは一瞬だけ皇女の顔になったが、すぐにまた「むーっ」と拗ねた顔をする。

「そうではなくて、今は旧友との再会を喜ぶべきでしょう？　次いつ会えるかわからないのよ？」

するとイオリが微笑みながらうなずく。

「そうですよ。ミーチャ殿下は私と違い、いつもフリーデと一緒にいられる訳ではありませんから」

「自慢？　それ自慢？」

ミーチャが怖い顔をしてイオリに詰め寄っていくが、イオリはどこ吹く風だ。

不満そうなミーチャは私の方を向くと、子供みたいに唇を尖らせる。

「この方、とても失礼だわ！　ワの密偵があなたに仕官したと聞いてるけど、この方がそうなの？」

「違うよ。密偵じゃなくて友達」

私がそう言うと、イオリが嬉しそうな顔をする。

「友達……」

ミーチャはきょとんとした顔をするが、すぐに大きくうなずいた。

「そうなのね！　あなたのお友達なら、私にとっても大事なお客様だわ。でもフリーデ、お友達ならちゃんと紹介してよ」

「ごめんごめん」

友達として連れてきた訳ではないのだが、ミーチャがお望みなら断る理由もない。

私は改めてイオリをミーチャに紹介してあげた。

「イオリは観星衆の長・トキタカ殿の子なんだよ。真面目でとっても優しくて、凄く気が利くんだよ」

「ふぅん……？」

まじまじとイオリを見つめるミーチャ。何か考えてるみたいだ。

それからミーチャは何か納得したようで、うんうんとうなずいてみせた。

「素敵な方ね。あ、でもそれなら、どうして私には微妙に意地悪なのよ？」

ふと首を傾げたミーチャに、イオリがやや申し訳なさそうに頭を下げる。

「御容赦ください。単なる嫉妬です」

「嫉妬？」

「私より先にフリーデと友達になっていた方ですし、フリーデと同じように貴人ですから」

うんうん、ミラルディアに来てからイオリは随分素直になったよね。素直すぎる気がするけど、まあいいか。

でもミーチャはますます不思議そうにしている。

「貴人というなら、イオリさんも貴人でしょう？　トキタカ殿といえば多聞院評定衆の筆頭。皇帝のようなものと聞いているわ」

「いえ、そこまでの権力はありません。それに私は養子ですから」

イオリは淡々と語り、首を横に振る。

ミーチャがまた何か言いたそうな顔をしているので、私は慌てて説明を付け足しておいた。

「トキタカ殿には実子がいないから、みんな養子なんだよ。誰が家を継ぐかはまだ決まってないんだって」

「そういえばワやミラルディアは養子でも家督継承できたわね。じゃあ何も気にすることはないじゃない？」

ミーチャはそう言ってイオリの手を握る。

「その様子、過去に何か辛いことがあったんでしょう？」

「えっ!?」

イオリは手を握られたまま、びっくりしている。

いやいや、私はミーチャに何も教えてないよ？　他人の生い立ちの話は勝手にするものじゃないって、お父さんがいつも言ってたし。

ミーチャはなぜかとても優しい笑顔だ。

「あなたの表情や仕草には、どこか翳りがあるのよ。過去にとても辛い経験をした人によくある、心の傷跡のようなもの。本当は気づかないふりをしても良かった。でもこれだけは言わせて」

そう言ってからミーチャは大きく深呼吸をして、それからずずいとイオリに顔を近づける。

「過去に何があったとしても、今のあなたはロルムンドの宮殿に招かれて客人としてもてなされているの。フリーデも私も、あなたともっと仲良くなりたいと思っているのよ。あなたは凄い人なの」

「え？　ええ？」

困惑するイオリに対して、ミーチャは自慢げに胸を張る。

「だってそうでしょう？　私はロルムンド帝国の次期皇帝になるかもしれない皇女よ？　中身はまだまだ未熟だけど、少なくとも身分はそれなりに高いわ。そんな皇女が『この人と仲良くなりたい』と思っているんだから、結構凄くない？」

「ですが、それは私がフリーデの友達だからで……」

「フリーデがそれだけ心を許してるのなら、間違いなくいい人よ。私の信じたフリーデが信じてい

る人だもの、興味があるわ」

もともと引っ込み思案のイオリは、ミーチャのぐいぐい迫ってくる態度に怯えている。うつむいてしまった。

どうしよう、止めた方がいいのかな？

でもイオリは握られた手を決して振りほどこうとはしなかった。

昔のイオリだったら、初対面の人間に手を握らせさえしなかったと思う。でも今のイオリはそんな人じゃない。とても優しい、お姉さんのような友達だ。

それはミーチャが言うように、イオリがたくさん傷ついて、たくさんの悲しみを乗り越えてきたから。イオリはとても強い人だ。

……って言っても、みんなあんまり信じてくれないから困る。

でもミーチャは私と同意見みたいで、イオリに溢れんばかりの好意を浴びせてきた。

「私もフリーデもあなたも、みんな姫なのよ。姫同士で仲良くなれたら、きっとお父様たちも喜ぶわ。至らぬ点ばかりの私だけど、もし良ければあなたの友達候補に入れてね」

やがてイオリはうつむいたまま、小さな声でぽつりと返事する。

「ありがとう……ござい、ます。そうします」

「うん」

にっこり笑うミーチャと、少し赤くなっているイオリ。

これならたぶん大丈夫かな。大丈夫だろう。イオリはああ見えてとても寂しがり屋だし、心を開いてくれる人から逃げたりはしない。

ミーチャはイオリの手を握ったまま、嬉しそうに私の方を向いた。

「私、これでも人を見る目は養ってきたつもりなのよ？　イオリさんは他者に歩み寄るのが苦手だけど、心を開いてくれる人には歩み寄ってくれるって」

「うん、人を見る目があるのはさすがだけど、本人の前でそれを言っちゃダメなんじゃないかな……」

相変わらず面白い子だなあ。

でもミーチャも次期皇帝になるために努力しているみたいだ。初対面のイオリの性格を即座に見抜くなんて、やっぱり凄い。

イオリはというと、照れくさそうにミーチャの手を握り返した。

「道中、フリーデがずっと『ミーチャに会いたい、ミーチャに会いたい』と言っていたので嫉妬してしまいましたが、ミーチャ殿下がとてもいい方なので納得しました。私も好きになってしまいそうです」

少し社交辞令が入っているけど、でもだいたい本心だと思う。

いや待て。待て待て。

「私、そんなにミーチャミーチャ言ってないでしょ!?」

「言ってましたよ」

イオリがさらりとクールに返す。くそう、こういうときだけクールビューティに戻ってズルい。

ふと気づくとミーチャがぐふぐふ笑っている。

「そう、そうなのね。ふふ、やはり私の人徳にみんなメロメロね……」

「だからそれを本人の前で言っちゃダメだってば」

肝心なところが変わってない気がする……。

＊　＊

「皇帝と皇帝」

先帝アシュレイは今、懐かしい宮殿の応接間でソファに腰掛けていた。

（あの頃は私がここの主だったが、今は客の立場か）

ふとそんなことを思うが、不思議と悔しさも悲しさも感じない。むしろ妙な安らぎを感じる。もうここで皇太子や皇帝として頑張らなくてもいいのだ。

対面に腰掛けている従妹のエレオラが微妙な苦笑を浮かべた。

「従兄殿、あまり私を憐れまないでくれ。誰かがやらねばならない以上、順番が回ってきたらやる

しかないのは貴殿が一番御承知のはずだ」

どうやら本心を見抜かれてしまったらしい。アシュレイは苦笑いする。

「これは失礼しました。確かに陛下の仰る通りです」

アシュレイは退位を迫られる形で帝冠をエレオラに譲り渡したが、決して罪人ではない。追放されたリューニエや国外逃亡扱いになっているウォーロイとは異なり、今でもロルムンド帝国の皇族だ。

今のアシュレイは駐ミラルディア大使ということになっている。

実質的には国外に左遷されているのだが、別に帰国が許されていない訳ではない。アシュレイ自身が面倒を嫌って遠慮しているだけだ。

エレオラは微笑み、それからアシュレイに発言を促す。

「今回の帰国理由は『ミラルディアの政情に関する報告』だったな。記録に残さねばならないので報告をお伺いしたい」

「はい、実はかなり重大な報告です。これは決して帰国の建前ではありません」

アシュレイは背筋を伸ばす。

「ミラルディア領外の西側、大樹海にて巨大生物の出現が確認されました。伝承によくある竜のような魔物と推定され、脅威度は災害級です」

エレオラの表情から笑みが消える。真剣な表情だ。

「それは聞き捨てならないな。重要な報告だ。詳細をお聞かせ願いたい」

「ではこちらを」

アシュレイは蜜蠟で封をした報告書を差し出した。

「滅亡したドニエスク家の技術で、魔法的な機密保持を施した報告書です。書いた私と読む貴方以外、決して情報に触れることはできません」

「つまりこれを読むのは私が最初だということだな。了解した」

魔法技術者でもあるエレオラは軽くうなずき、呪文を唱えて蜜蠟に触れる。パキンという音と共に魔法が解け、封が解けた。

エレオラは報告書を取り出すと、ざっと目を走らせた。

「これは……確実な情報なのか？　いや、貴殿があやふやな情報を持ち帰るはずがないな。にわかには信じがたいが」

「はい、これらは全てミラルディア評議会関係者から通達された公式情報です。当家の家臣たちを使い、裏取りはしました」

アシュレイの家臣は王朝交代の際にエレオラに仕えるのを拒んだ者たちで、元々は帝室直属の優秀な人材だ。その中には諜報や交渉に長けた者もいる。そのことはエレオラもよく知っていた。

彼女は報告書を手にしたまま、フッと笑う。

「ミラルディアに未曾有の国難だ。普通に考えるなら、ミラルディアは荒廃して大きく弱体化する

だろう。こちらとしてはそう考えて次の手を講じるのが普通だ。ただ……」

　エレオラは頭を掻いてみせた。ヴァイトの癖にそっくりだった。

「あの国は普通ではない。歴史上でも例を見ない希有な国だ。この程度の国難でどうにかなるぐらいなら、皇女時代の私がとっくに征服している」

　アシュレイもうなずいた。

「同感です。あの御仁がまたやってくれるでしょう。それに今は後継者も育ってきていますから」

「ああ、フリーデか。うちのミーチャも負けてはいないつもりだが、人徳と武勇を兼ね備えているのは羨ましいな」

「ミーチャ殿下は人徳と知謀を備えておいでです。我が帝国の未来を担ってくれますよ」

　エレオラはちょっと意地悪そうな笑みを浮かべる。

「『我が帝国』……か」

「祖国を遠く離れた今も、従兄殿はロルムンドを愛しておられるのだな。帝位に未練があるのではないか？」

　しかしアシュレイは屈託なく笑って応じた。

「残念ですが、今さら帝位はいりませんよ。皇帝の重責を代わってもらったおかげで、南の豊かな地で農学や薬学の研究に没頭できています」

「それは普通に羨ましいな。私だって魔術の研究に没頭したい」

少女のような顔をして拗ねるエレオラ。本当に羨ましいのだろう。

それから彼女は頭を掻き、大きく溜息をついた。

「帝位なんか奪うのではなかった。おまけに初恋の相手を逃がすわ、それを引きずって未だに独身だわで散々だ」

「未練があるのは貴方の方だったようですね、エレオラ殿」

「アシュレイ殿は優しいくせに妙なところで意地悪だな。嫌いだ」

子供の頃と全く同じ表情で頬を膨らませているエレオラ。もう四十過ぎだというのに、そんな表情をすると成熟した美しさの中にも少女のような愛らしさがある。

「今からでも違うお相手を探されては？　ウォーロイ殿もまだ独身ですが、ミラルディア中の女性が今も熱い視線を向けているそうですよ」

「それはもういいから、もう少し真面目な話をしよう。相手が竜ではあまりのんびりもしていられまい」

エレオラは表情を引き締め、皇帝としての威厳を取り戻す。

「私にはもう、あの黒い人狼が竜の死骸の上で『地味な副官の仕事だから』などと寝言をほざいている光景しか見えない。勝敗は明らかだ」

（エレオラ殿の黒狼卿贔屓《ひいき》も相当なものですね）

アシュレイは内心で苦笑するが、実質的にミラルディア陣営にいる彼としては特に何か言う気は

ない。そのままの彼女でいてもらう。

　エレオラは困ったように肩をすくめてみせてから、急に目を輝かせて身を乗り出してきた。

「それで、今回はどのような策で強敵を迎え撃つのだ？　何が足りなくて、何が欲しい？」

「随分気前がいいですね……」

「勝つとわかりきっている賭けだぞ、大きく張らないでどうする」

　とっておきの悪戯を思いついた子供のような表情で、エレオラは声に愉悦を含ませる。

「あの義理堅い朴念仁にしこたま貸しを作ってやる。あいつのことだから何十年かけてでも借りを返そうとするだろう。あいつからの見返りは、いつもかなりの利息がつく。捕虜になった皇女を皇帝にするほどの利息がな」

「ははは……」

　アシュレイは苦笑いするしかない。説得するつもりで帰ってきたのだが、逆に説得されてしまった。

「ではその辺りの調整は、ミラルディアの外交団と御相談ください。私はあくまでもロルムンドの大使ですから」

「ふむ、なるほどな」

　エレオラは軽くうなずく。

「その辺りの線引きはしっかりしている……と見せかけて、ミラルディアの若手たちに外交上の実

績を積ませる意図と見たが」

「御慧眼です、陛下。ですのでよろしくお願いしますね」

「アシュレイ殿の頼みでは断れないな」

エレオラは溜息をついてみせた。だがすぐにこうも言う。

「ただし彼らが外交の席でしくじるようなことがあれば、私はロルムンドの皇帝として容赦なく国益をむしり取りにいくぞ」

アシュレイは穏やかな表情のまま、うなずいた。

「もちろんです。外交は児戯ではありませんから」

＊　＊

そして私は今、ガチガチに緊張していた。

目の前には神聖ロルムンド帝国オリガニア朝初代皇帝……つまりエレオラ陛下がいる。ミーチャの伯母さんだ。

今日のエレオラ陛下は玉座に腰掛けて、少し高いところから私たちミラルディア外交団を見下ろしている。表情は穏やかだけど笑ってはいない。

「どうした？　少し緊張しているように見えるが」

うわうわ、見抜かれてる。

変に取り繕っても仕方ないので、私は頭を掻いて苦笑した。

「はい、少しどころか大変緊張しています」

「正直だな。……ふむ、ますます似てきたな」

ぼそっと呟いたの、人狼の聴覚には聞こえてますよ。どうやら私は、最近ますますお父さんに似てきたらしい。みんなによく言われる。

そう言おうと思ったけど、よく考えたらそこは聞こえてないふりをしなきゃダメか。

違う返事にしよう。

「私のような若輩者にお目通りをお許し頂き、恐悦至極にございます」

言えた！　言えたよお父さん！　ちゃんと言えた！

でもエレオラ陛下はつまらなさそうだ。

「若輩者に目通りを許したのではない。貴殿がミラルディアの正式な使者だから許したのだ。そこを勘違いしてもらっては困るぞ」

「すみません！」

やっぱり怖いいぃぃ！　ますます緊張してしまう。

でも今の私はミラルディアの代表だから、緊張してる場合じゃない。みんなのために突撃あるのみ！

「で、ではミラルディアの使者として申し上げます。我が国は今、未曾有の大災厄に見舞われております。事態を収拾するため、隣国ロルムンドにぜひ御協力をお願いしたく参上いたしました。これが評議会からの親書にございます」

傍に控えていた侍従の偉い人……確かナタリアさんだったと思う、その綺麗な女の人に親書を手渡す。

ナタリアさんはエレオラ陛下に親書を渡し、エレオラ陛下がそれを読んでいるところだ。

でも親書の内容は既にロルムンド側には伝えてあるから、読むのは「政治的な儀礼」というヤツなんだと思う。

それからエレオラ陛下は私をまっすぐ見つめる。

「なるほど、凶暴な竜の出現か。だが北壁山脈の向こうの話だ。我が国には関係ないのではないかな?」

試すような視線。

そういえば前に会ったときには試練を受けたっけ。私を試してるのかな?

よーし。じゃあ、ただの若輩者じゃないことを見せちゃおう。

私は落ち着いた口調を意識しながら説明する。

「竜は空を飛び、大樹海の外にも出現しています。北壁山脈を越えて飛来するかもしれません」

「ふむ、では他人事とも言い切れぬか。だが貴国のように道理を重んじる国なら、隣国の助けを無

償で借りられるとは思ってはおるまい？」

うわ、来た。来た来た。外交って感じだ。

でも陛下も意地悪で言ってる訳じゃないよね。

私は「待ってました」という顔をして、陛下に微笑みかける。

「竜の出現が近隣諸国共通の危機であることは、陛下の仰る通りです。既にワとクウォールからは協力の申し出を受けております」

実をいうと、交渉の切り札はいくつか持たされている。これを使えば絶対に協力を引き出せる（はず）という、凄い切り札らしい。

でももちろん、最初から全部差し出す必要は全然ない。外交上の駆け引きというヤツだ。……そういうのを私にやらせるのは絶対に人選ミスだと思う。

「もちろんミラルディアとしても友邦の支援に報いるつもりでおります。さらに隣国の危機には同様の支援をお約束しましょう」

「悪い話ではないな」

エレオラ陛下はそう言って微笑む。

「では我が国で大規模な反乱が起きたときは、ミラルディアの魔王軍が支援してくれると解釈して良いのだな？」

えっ？　あー……うん？　たぶん。

軍事協力も手札としては用意されてるけど、これは結構重い切り札だから早めに使わない方がいいってお父さんが言ってたなあ。

どうしよう、約束しちゃって大丈夫なのかな？

あ、そうだ。

私は頑張って悪そうな笑みを浮かべてみせると、ちょっと含みのある感じで言ってみる。

「陛下の治世で大規模な反乱が起きるなどとは思っていませんが、有事の際には必ずやお役に立てると信じております」

約束しているようで何も約束していないお返事。ちょっと……いや、だいぶズルい回答だ。でも学校で習ったやり方だから、たぶんこれでいいんだと思う。

エレオラ陛下は何だかおかしそうにニヤニヤ笑っている。

「なるほど、御父上の面影を感じる。だがそこは小細工抜きで確約して欲しかったな」

「えっ、あっ、すみません！」

これはダメだった？

やっぱり付け焼き刃じゃ通用しないみたいだ。慣れないことはするもんじゃない。

私は諦めて、いつものやり方にする。

「いやまあ権限的には確約できなくもないんですけど、戦争は人が死にますから。その場の勢いで約束しちゃって、魔王軍の人がいっぱい死んだら寝覚めが悪いです」

「ぷっ、ははははは！」

今度はメチャクチャ笑われちゃった。もしかしてこれもダメだった？

でもエレオラ陛下は御機嫌だ。

「建前を見せた後で本音をぶつけてくるその感じ、まさに決闘卿の後継者といったところだな！

いいぞ、気に入った」

気に入られた。よくわからないけど。

エレオラ陛下は優雅に足を組んで頬杖をつく。仕草がまるで女優みたいで惚れ惚れしてしまう。

「他国の王と外交官という立場だから、建前と実利で応じてくるのは当然だ。交渉とはそうでなければならない。だがそれだけなら書面で十分だ。せっかく会うのだから、記録には残さない本音を聞かせてもらわねばな」

「はっ、はい！」

本音、本音かぁ。難しいなあ。

「その、ぶっちゃけるとミラルディア評議会はロルムンドと仲良くしたいですし、魔王軍もそうですし、私もそうです」

「うむうむ」

「ワとは正式な同盟を結んでいますし、クウォール王家は親ミラルディア路線なので、心配事といえばロルムンドなんです」

「そうだろうな」

メチャクチャ優しいまなざしで、うんうんうなずいてくれるエレオラ陛下。外交ってこういうのでいいんだっけ？

だいぶ混乱してきたけど、このまま突っ走るしかない。頭の中がぐるぐるしてきたまま、とにかく正直に訴えかけてみる。

「でも別にロルムンド帝室が怖いとかいう訳じゃなくて、いえ怖いっちゃ怖いんですけど意味が違うっていうか、とにかくエレオラ陛下やミーチャ殿下には元気で笑顔でいて欲しいです。政情不安になっちゃうと外交できませんし」

自分でも何言ってるんだろうと思うけど、口が止まらない。誰か止めて。特に後ろにいるユヒテや他のみんな。

けれど誰も止めてくれないので、私の口がどんどん暴走していく。

「私もヴァイト閣下も魔王陛下も、エレオラ陛下の治世が長く続くことでロルムンドがさらに発展し、平和になると信じています。そのためにはお力添えしたいと思ってますけど、あの、ミラルディアも大事なので無理のない範囲でお願いします」

ダメだこれ、子供の挨拶みたいになってるじゃん。泣きたい。

自分が外交官としてまるでダメなことに失望してしまったけど、ちらりと目を上げてみるとエレオラ陛下は少し頬を赤くしていた。なんで？

それからエレオラ陛下はお父さんみたいに頭を掻いて、小さく溜息をつく。

「わかったわかった。まったく貴殿たち親子は貴重な味方だな。こちらも相応の誠意と礼節で応じねばなるまい。あとあまり私を照れさせるな」

エレオラ陛下は玉座から立ち上がると、階段を下りて私の前に立った。

「大きくなったな、フリーデ」

「はい？」

いきなりハグされた。

「ちょ、ちょっとちょっと！　陛下!?」

「姪の親友がミラルディアの外交官としてやってきたのだ。嬉しくないはずがないだろう。まだまだ荒削りだが良い仕事ぶりだ。気に入ったぞ」

頭なでなでされてる。もう訳がわからない。

と、そのときエレオラ陛下がそっとささやいた。

「私との親密さを皆によく見せておけ。廷臣たちは私の外交力を再確認するだろうし、ミラルディアの者たちはお前を見直すだろう」

計算？　これも計算なの？

いやでも、陛下から幸せなときの匂いがするよ!?　計算にかこつけて姪の友達を可愛がってない？

エレオラ陛下は大きな声で言う。

「前に会ったときから才覚の片鱗を見せていたが、それを見事に開花させたな。まるで決闘卿の再来だ。ミラルディアの未来は盤石だろう」

するとロルムンドの人たちがヒソヒソささやいているのが、人狼の聴覚で聞こえてくる。

「ほう、やはり決闘卿の後継者も大物だったか……」

「陛下は以前からミラルディアに太い人脈をお持ちだが、ますます盤石になってきましたな」

「いかにも。これまでの内政統治の手腕も申し分ありませんでしたし、やはりエレオラ様こそが皇帝に相応しい」

「ミーチャ殿下もフリーデ殿と懇意らしいですから、次期皇帝はもう決まりでしょう」

うーん、なるほど。こういうことか。

宮廷って怖いとこだなあ。

エレオラ陛下はニコッと笑い、私の背中をポンポン叩いてから離れる。

そして小さな声で一言。

「これがミーチャの生きる世界だ。覚えてやってくれ」

「は、はい」

宮廷って怖いとこだなあ！

ミーチャのためにこれからも頑張ろうと誓ったけど、その前にミラルディアの使者として話をま

とめなきゃ。

「えーと、では陛下」

鼻歌でも歌い出しそうな顔をしているエレオラ陛下に、私は改めてお伺いする。

「何かな？」

「ではミラルディアへの支援をして頂けるということで、よろしいのでしょうか？」

「無論だ。貴国が我が国との友好を望み、助け合うつもりならばな」

「もちろんそのつもりです」

「よろしい」

エレオラ陛下はバサッとマントを翻す。

「何が足りなくて、何が欲しい？　なんでも引き受ける訳ではないが、とりあえずなんでも要求してみるがいい。検討しよう」

その瞬間、私はガバッと顔を上げる。

「ではまず、竜を討伐する作戦について御説明します！」

私は必要な物資や人員を記したリストを懐から取り出し、バッと広げた。

それを見たエレオラ陛下が困ったような、嬉しそうな、実に微妙な笑みを浮かべる。

「あいつめ……」

＊　＊

元ロルムンド皇子のリューニエが不思議そうな顔をする。

「ヴァイト殿、どうされましたか？」

「いや、君の従《いとこ》叔母《おば》がどんな顔をするかなと思ってな」

俺は苦笑しつつ、ちらりと窓の外を見た。感謝しろよ、エレオラ。お前の可愛い従甥《じゅうせい》はこんなに偉くなったぞ。

俺は同席している魔王アイリアに笑いかける。

「では魔王陛下、戦球都市ドニエスクの長となった彼に祝福を」

「ええ」

アイリアが微笑みながらリューニエに歩み寄る。逆にリューニエは急に緊張した表情になった。

そんな若者の肩に手を置き、魔王アイリアは優しく告げる。

「大魔王ゴモヴィロア陛下の信託を受け、ミラルディア連邦を統治する『魔王』として、アイリア・リュッテ・アインドルフはあなたをドニエスク太守と認めます」

正式な任命式をしている余裕がないので、立会人は俺だけだ。竜を退治したら盛大にやり直そう。

アイリアはさらに続ける。

「かつて『不和の荒野』と呼ばれていた草原に、異国の不和の巻き添えとなった英雄が平和な街を

作ってくれました。その志を受け継ぎ、リューニエ殿が新たな時代を切り拓いてくださいね。微力ながらそのお手伝いをさせて頂きます」

「こ、光栄です。精進します」

いつもは爽やかな貴公子として知られるリューニエだが、珍しくガチガチに緊張しているな。

「そんなに緊張なさらなくてもよいのですよ。私も元はリューンハイトの太守に過ぎません。私たちは同僚です」

「はっ、はいっ！」

アイリアに教えてあげた方がいいのかな。

リューニエは生まれてすぐに母親と死別し、父と祖父と叔父に育てられたから母性への憧れが強い。

その点、俺の奥さんは母性の塊というか慈愛の化身みたいな人だからな。リューニエも眩しくて仕方がないだろう。ああ、アイリアの良さを誰彼構わずに語りたい。

しかし語る相手がいないので、俺はリューニエが顔を真っ赤にしているのを眺めることにする。

新太守リューニエは真っ赤になって緊張しつつ、それでも魔王アイリアに恭しく一礼した。

「祖国を追われた私と叔父を受け入れ、身分と領地を与えてくださった慈悲と御恩に報いるために誠心誠意努力いたします」

「リューニエ殿、それは違いますよ」

アイリアはますます優しく微笑む。

「確かに私たちはリューニエ殿やウォーロイ殿を死なせたくないと思いました。ですがその後に戦球都市ドニエスクを建設し、街を発展させてきたのは紛れもなくお二人の功績です。今や私たちがお二人に恩を感じているのですよ」

「そ……そうなのですか？」

リューニエが俺の方を見たので、俺はうんうんとうなずいておいた。

幼少期の彼を保護したのは純粋に人道目的だったが、ウォーロイの薫陶もあって彼は立派に成長した。もはやミラルディアになくてはならない大事な人材だ。

彼はシュヴェーリン朝ロルムンド帝室の血を引いているから、対ロルムンド外交の切り札になっている。

そして彼の人柄と能力に惹かれて、大勢のロルムンド人とミラルディア人が彼の下に集まっていた。

俺は彼の成長を頼もしく思い、激励する。

「リューニエ殿は異国の地で逞しく成長し、本当に立派になられたと思うよ。あのときリューニエ殿やウォーロイを見捨てる選択肢など元からなかったが、人助けのつもりがすっかり助けられている有様だ。感謝してもしきれない」

「ヴァイト殿まで……」

もう成人なのに、はにかむと少年のような可憐さがあるな。ミュレがいつも「あいつは危なっかしいから！」と言うのも多少わかる。多少は。

さて、感傷に浸ってばかりもいられない。俺は口調を改めた。

「では新太守リューニエ殿。着任早々大変な仕事が待っていますが、ミラルディアの未来がかかっています。叔父上と協力し、我が国を勝利に導いてください」

リューニエは背筋を伸ばし、表情を引き締める。

「お任せください。それで、具体的にはどのようにしましょうか？」

「では今からそれを説明しよう」

俺は用意しておいた書類と地図を広げた。

「ドニエスク郊外にドラゴンをおびき寄せ、ワの大砲で致命傷を与えるというのが今回の作戦だ。ワが保有する大砲は火薬で鉄球を撃ち出す攻城兵器で、魔力を用いない兵器としては最大の火力を持つ」

「火薬については大学で学びましたが、そんな兵器があるんですか」

火薬の存在は少しずつ知られるようになったが、硝石の露天掘りができる気候ではないので材料調達は容易ではない。まだまだ一般には縁遠い代物だ。

俺は微笑む。

「あるんだよ。もちろん一発や二発でどうにかなるとは思っていないから、十分に弱らせた後で十

発二十発と撃ち込む」

俺が勇者アーシェスを倒したとき、とどめの一撃となったのは人狼の牙だった。勇者も運動エネルギーで殺せるのだ。

リューニエが心配そうな顔をする。

「おとなしく撃たれてくれるとは思えませんが、どうします？」

「最大の脅威はドラゴンの魔力ブレスだ。超特大の魔撃銃みたいなものだから、当たれば街が消滅する。これに関しては俺や大魔王陛下の持つ『渦の力』が有効だが、個人の能力に頼る戦術は危うい」

その能力を持っている人が寝ているときだったり、病気になったりしたら、作戦が根底から崩れてしまう。

「そこでロルムンドに技術協力を要請している。フリーデを送り込んでおいたから、エレオラが何か持たせてくれるはずだ」

「エレオラ陛下はヴァイト殿に甘いですからね」

「そうか？」

俺が不思議に思ってアイリアの方を振り返ると、アイリアは微笑みながら殺気を漂わせていた。

「外交上の判断には、くれぐれも気をつけてくださいね」

「はい」

なんか怖い。

俺はコホンと咳払いをして、リューニエに向き直る。

「ま、これに関しては大魔王陛下で代用が可能だ。ドニエスク市を魔力ブレスから守るためにも、大魔王陛下には来て頂く。ただし直前にな」

魔都リューンハイトにシュマル王子がいるので、彼を守るために師匠は魔都に釘付けになっている。ドラゴンが確実にドニエスクに来るタイミングでなければ、師匠を動かすことはできない。

師匠譲りの『渦の力』はフリーデも持っているが、魔術師としてまだまだ未熟なので確実性が期待できない。吸収できる魔力量も不明だ。今回は戦力外としておく。

「そしてミラルディアの人狼隊と、クウォール王家に仕える人虎隊がドラゴンの動きを封じる係だ。彼らは大砲の運搬や照準も担当する」

人力で大砲を動かすと時間がかかりすぎてしまうが、人狼たちなら軽く押すだけで照準を合わせられる。照準そのものは専門の砲兵が定めるから、あくまでも大砲を押す係だ。

「それとワの観星衆が予知術を使って戦うことができるので、これでドラゴンの逃亡や反撃を防ぐ」

「いけそうですね」

リューニエの表情が明るくなってきたが、俺は彼が楽観しないよう釘を刺す。

「だがここまでやったとしても、損害が出るのは覚悟の上だ。既に哨戒部隊に犠牲者が出ている。

損害を躊躇する猶予がなくなった」

まだ戦神化していないとはいえ、ドラゴンの鉤爪や尻尾の一撃は人狼を殺すのに十分な威力があるだろう。集団で襲いかかったとしても何人か死ぬのは避けられない。

「もしワから大砲を借りられなかったら、とどめを刺すのも人狼や人虎たちの仕事だった。だがその場合、何人死ぬのか見当もつかない。魔王軍の試算では『百名投入して生還一名』という結果も出ている」

「うわ……」

リューニエが表情を曇らせる。彼は人狼の強さをよく知っているから、どれほどの死闘になるか想像できてしまったらしい。

と、そこで彼が不思議そうな顔をする。

「『生還一名』ってどういうことですか？」

俺は書類を置き、彼に微笑みかけた。

「俺以外は全員死ぬ、ということだよ」

打ち合わせを終えたリューニエがドニエスク市への帰途に就いた後、俺とアイリアは書類仕事の残りを急いで片付ける。俺たちの手が止まるとミラルディアの手が止まる。みんな次の指示を待っているのだ。

周辺国への支援要請はおおむねうまくいったようだ。必要な資材と人員を手配することに成功した。これで迎撃作戦が実行できるぞ。

派遣した外交団がいずれも見事な働きをしてくれたおかげで、頼んだ俺自身がちょっとびっくりしている。みんな頼もしい。

リューニエたち若手も頑張っていることだし、俺も頑張らないとな。

ただし良い情報ばかりではない。

「とうとう犠牲者が出てしまいましたね。しかも人狼に……」

アイリアが沈痛な表情をしている。

人狼族が魔王軍に参戦して以来、今まで一人の戦死者も出していなかった。

魔術師の俺がみんなを魔法で援護していたとか、人間の姿になれるおかげで人間相手の戦争では襲われにくかったとか、理由はいろいろある。

だが今回の竜には、それらは全く通用しない。そもそも俺が最前線にいない。

「人狼と人間の混成チームと、竜人と人馬族の混成チームがそれぞれひとつずつやられているな。人狼の犠牲者は人狼隊の新米隊員だ」

犠牲者の総数は十名にも満たないが、これが魔王軍に徹底抗戦を決断させた。

奪われた命の痛みは竜の命で贖《あがな》わせる。ヤツを滅ぼすまで魔王軍が止まることはない。魔族とはそういう生き物だ。

そして俺は人狼の長として、人間の魔王に大事な決定を伝える。

「長老衆から若者の仇を討ってくれと頼まれている。魔王の副官としてはあまり良い選択じゃないが、人狼の長として出陣しない訳にはいかないんだ」

「あなたが危険に曝されるのは嬉しくありませんが、それが魔族の論理なら魔王として尊重します」

アイリアも魔族との付き合いが長いので、彼らの譲れない一線はよく理解している。

人狼は群れの仲間を大切にするので、俺が行かなければ別の誰かが復讐に立ち上がるだろう。だがそれは無謀だ。

「元はといえば、俺が後進の育成を怠ったせいだ。絶対に勝てない強敵とどう渡り合うべきか、新人隊員たちに徹底できなかった」

「それは仕方ないでしょう。人狼は強い種族ですから、自分よりも強い敵と戦う機会がほとんどありません」

そうなんだよな。

俺たち人狼は、一対一ならほとんどの種族に勝てる。巨人族や人虎が相手だとちょっと苦しいが、二対二で戦うとだいたい勝ってしまう。一騎打ちでも集団戦でも強い。

勇猛な同族のことを思い返し、俺は溜息をついた。

「人狼は本来、潜伏し忍び寄ることにも長けた種族なんだ。ジャンプや登攀《とうはん》で三次元的な機動がで

き、音もなく着地して遮蔽物を縫うように駆け抜けることができる」

市街地や森林で人狼を捕捉するのは不可能に近い。だからこそ人狼隊を竜の警戒に送り出した。

「でも心の片隅で『いざとなったら戦えばいい』と思っている限り、人狼たちを哨戒任務には出しづらい。戦っても勝てる相手じゃないからな」

だが人狼の本能として、戦うという選択肢を完全に捨て去ることは難しい。厳しい訓練と豊富な経験だけがそれを可能にする。今すぐには無理だ。

「仕方ないから俺がちょっと様子を見てくるよ。俺が逃げ戻ってくればみんなも納得するだろう」

「気をつけてくださいね。あなたももう若くないんですから」

「うん」

娘が成人する年頃だもんなあ。考えてみると、日本よりもミラルディアで暮らした期間の方が長い。

するとアイリアはニコッと笑う。

「でも最初に会った頃よりも、今の方がカッコイイですよ」

「え？　あ、ありがとう。君も最近ますます美しくなってきたな。そういえば黒狼卿劇でアイリア役をやりたがる女優が多くて競争率が凄いらしいぞ」

「あら……」

頬を染める我が魔王が愛らしい。

良いものが見られたことだし、この平和を守るために少し頑張ってくるとしよう。

こうして俺は久しぶりにデスクワークから最前線へと勇躍し、大樹海の中をうきうきしながら歩いていた。

鬱蒼とした深い森がどこまでもどこまでも続く。

探索に同行しているのは人狼隊のモンザ、それとゾイという名の犬人兵が一人。リューンハイト攻略戦のときからいる最古参だ。ビーグルに似ている。

「ヴァイト様、本当にボクがお供でいいんですか？」

「いいんだ。というか本気で頼りにしているから、よろしく頼むぞ」

俺の言葉にモンザが首を傾げている。

「ねね、隊長？　犬人ちゃんが役に立たないとは言わないけど、さすがに戦力不足じゃない？」

「人狼隊全員連れてきてもどうせ戦力不足なんだし、身軽な編成の方がいいだろ？」

不死を得たパーカーでさえ手も足も出せなかった怪物だぞ。師匠を連れてきても勝てるかどうかわからない。俺たちなんか何百人いようがゼロと同じだ。

だが俺はあるデータから、犬人族に期待していた。

「今大事なのは『戦う力』でも『逃げる力』でもない。戦って勝てる相手じゃないし、逃げようにも相手は空を飛ぶ。もっと重要な力がある」

「あは、なんだろ？」

ちょっと興味を惹かれたようでモンザがクスッと笑う。

俺は答えを教えてやった。

「『潜む力』だ」

「潜む力？　確かに犬人はちっこいけど……」

「いや、そうじゃない。犬人は自分たちより強い魔物が闊歩する大樹海で、何の危険もなく平和に暮らしてきたんだ。凄いことだと思わないか？」

「んむむ？」

モンザが変な顔をしている。人狼の価値観だと理解しづらいだろうな。

犬人は人間の子供ぐらいの背丈で、力も弱く、牙も爪もちんまりしていて可愛らしい。徒党を組めばそこそこの戦力にはなるが、同数の人間を集めた方がずっと強い。

長所といえば鋭敏な嗅覚と聴覚だが、人狼のそれと完全に被っている。

だから人狼たちは犬人を「全ての点で俺たちに劣る弱い種族」だと思っている。俺も指揮官としては若干扱いかねていた。なんせ争い事に向いていない。

だがその争い事に向いていないというのが、今回は大きな強みになっている。と、思う。

「犬人は危険を察知する力が恐ろしく高いんだよ。人狼なんか足下にも及ばない」

「そうなの？」

頭の後ろで手を組んだまま、ぐりんと背後を振り返るモンザ。軟体生物みたいだ。ゾイが怖がっている。

俺は苦笑しつつ説明した。

「犬人は脅威に遭遇したとき、戦って倒すという選択肢がない。人馬族なら俊足を生かして逃げるという選択肢があるが、犬人にはそれもない」

「じゃあ死んじゃうじゃん……」

モンザがゾイを気の毒そうな目で見ている。不安そうなゾイ。

俺は手を振って笑った。

「でも死んでないだろう？　実際、今回の竜騒動で死んだ犬人は一人もいない。あれだけ哨戒任務に派遣しているのにな」

「そういやそうだね。やられたのは人狼と竜人と人間と人馬だもん」

「犬人たちは代々、大樹海の強大な魔物たちから隠れて暮らしてきたんだ。恐ろしい怪物の縄張りの中に集落を作り、怪物の巣穴の近くで食料を集める。そういう生活に慣れてるんだよ」

お気楽で陽気な性格も、物怖じしない性格も、全ては大自然の脅威に立ち向かうために磨かれた彼らの力だ。そして仲間内では争いを避け、危険が迫れば互いに助け合う。

巨大な人喰い猪だの、疫病をまき散らすトカゲの大群だのが跋扈《ばっこ》する大樹海で、犬人は明るく元気に、そして安全に暮らしてきた。彼らの実力は折り紙つきだ。

俺も最近は賢者だの教官だの呼ばれることが増えてきたが、こんなことにも気づけないようじゃまだまだ見習いだな。

「危険な兆候があれば、俺たち人狼よりも先にゾイが察知する。彼が何も言わなきゃ大丈夫だ」

モンザが後ろ手に手を組んだまま、またぐにょんとゾイを振り返る。

「責任重くない？」

「重いよね？」

ゾイもうなずいている。そりゃまあそうか。

でも必要だから連れてきたんだよ。

「重要な役割だから連れてきてるんだ。お前は犬人隊でも特に勘がいいと評判だから、ヤバそうな気がしてきたら教えてくれ」

「はーい」

責任が重いのは特に気にしていないのか、ゾイが手を挙げてぱたぱた尻尾を振った。

本当はもう何人か連れてきたかったんだが、何かあったら全員抱えて逃げなきゃいけない。それならもう一番優秀なヤツ一人でいいやと思って選んだんだが、やっぱり絞りすぎただろうか。

そんなことを思っていると、不意にゾイが低い声で唸った。

「むぅ～……」

唸り声なんか変じゃない？

だが俺とモンザは即座にその場にしゃがむ。

「隊長、なんか感じる？」

「いや」

魔力の流れに異変はないし、妙な匂いや音も感じない。地面に触れてみるが、震動も感じないな。

しかしゾイは声を潜めつつ、木の幹を指差す。

「ヴァイト様、あそこに大きな獣の爪痕があります」

「どれ？」

「トゲトゲツタが絡まったモコンジュのとこ」

犬人の方言で言われても困る。

「隊長、あれあれ。首吊り蔦が絡まった膨れ木のとこ」

人狼の方言ならわかる。あれか。

高さ五メートルぐらいの位置に、確かに引っ掻いたような跡がある。でもあれ、本当に竜の爪痕かな？

モンザが首を傾げる。

「あれぐらいならあたしたちが変身してもつけられるけど」

「人狼とは全然違うよー。人狼の爪はシャキッとしてるけど、あれはゴガガッて感じだし」

わからん。

鉤爪を持っていても獣や魔物の大半は人狼にとって大した脅威ではないので、あんまり気にしたことがなかったな。襲ってきたら殴り倒すだけだし。

でも犬人のゾイはブルブル震えながら言う。

「あれは相当大きなトカゲの爪痕ですよ。ねえヴァイト様、逃げましょうよ」

「まあ、お前がそう言うのなら……」

そのために連れてきたんだしな。

俺はゾイを抱っこすると、ヒョイとモンザに手渡した。

「モンザ、ゾイを連れて逃げろ。ベルネハイネン市のメレーネ先輩のところまで行けば、リューンハイトと魔力通信できる」

「魔力通信なら今できるんじゃないの？」

「竜が現れると魔力場が乱れて通信不能になる。まず距離を取らないとどうにもならない」

今のところその兆候はないので魔力通信は可能だが、竜に傍受される可能性が捨てきれない。その場合は居場所を教えているようなものだ。

モンザはゾイを抱きかかえてもふもふしながら、心配そうに俺を見つめてきた。

「でも隊長は？」

「予定通り、竜を釣り出す」

「一人で!?」

モンザが目を丸くしている。まさか一緒に戦うつもりだったのか？

「最初からそのつもりだよ。俺一人なら的も一人、俺に当たる攻撃だけ防げばいい。モンザたちまでかばう余裕はないぞ」

竜の能力や脅威度についてはかなり分析できているが、過去最大の強敵になる可能性が高い。

……まあ、勇者アーシェスほどじゃないだろうが。

「さあ行け。ゾイの予測が正しいのなら、逃げる機会は今しかないぞ」

「わかった。隊長、死んだらダメだよ」

心配そうなモンザに俺は笑顔を見せる。

「嫁さんと娘を残して、こんなとこで死ぬもんか」

「幼なじみも残さないようにね」

なんで拗ねてるんだ。いいから早く行けよ。

モンザが人狼に変身して疾風のように走り去った後、俺は茂みに身を隠して目を閉じる。

人狼の聴覚や嗅覚には竜の気配はない。頼りになるとしたら魔力の微かな乱れだ。魔術師として全感覚を研ぎ澄ませ、周囲の魔力を感じ取る。

できれば魔力通信機で味方と連絡を取りたいが、通信時の微弱な魔力すら邪魔になるので今は使わない。

どこだ？　どこにいる？

大樹海の中は濃密な魔力で覆われていて、それだけに魔物たちも安定して生活できる。

魔物たちは生物学的にかなり無理のある姿をしているが、それを可能にするのが体内に蓄えた魔力だ。魔力の濃密な大樹海は魔物の楽園だった。

翼の生えたドラゴンなんて無理もいいところだから、物凄い量の魔力で肉体を維持しているに違いない。高密度の魔力の塊だから、動けば必ず周囲の魔力を乱す。

……何にも感じないんですけど。

「おかしいな」

これだけ集中しても何も感じ取れないのなら、本当はもしかして何もいないんじゃ……。

ちょっと不安になってきたが、俺は犬人族の危険察知能力を信じた。

彼らの生存能力は桁外れだ。人狼なんか足下にも及ばない。人狼が大樹海で苦しい生活をしていた頃、犬人たちは魔物たちのテリトリーを自由に往来して繁栄していたのだ。

そのとき、不意に周囲の魔力がざわめき始めた。

「えっ!?」

思わず声が出てしまう。急激な魔力上昇。まるで急な夕立のように、あるいは堰を切った濁流が流れ込んでくるように、みるみるうちに周辺の魔力密度が上昇していく。

それに気づいたのか、一部の魔物が大樹海の中を走り回っている。逃げた方がいい。だがもう遅い。

来る！

俺は意識を集中し、「渦の力」を顕現させた。あらゆる魔力を呑み込む、師匠譲りの必殺技だ。

次の瞬間、強烈な魔力の奔流が一帯を襲った。

「うおぉ!?」

どっちの方向から攻撃されたのか、俺にもよくわからなかった。

魔撃銃の光弾を数千発束ねたような威力があり、耐えるだけで精一杯だ。受け流してやろうと思ったが受け流す先がない。「渦の力」がなければ俺は蒸発していただろう。

とにかく耐えた。耐えたぞ。びっくりした。

周囲を見回すと俺以外の全てが消失している。森はどこに行ったんだ？

大樹海の真ん中に、いきなり直径百メートルぐらいの大きな空き地ができてしまった。その真ん中付近に立っているのが俺だ。他のものは全て吹き飛んだ。

そして猛烈な風が吹く。ヘリの着陸時の強風みたいな吹きつけ方だが、激しさがまるっきり違う。地面に叩きつけられそうだ。

間髪容れず、地震でも起きたのかと思うほどの轟音と揺れ。

「ふっ！」

俺は強化魔法を使って跳躍し、襲いかかってくる鉤爪を間一髪でかわした。俺はもう実戦を離れて久しいロートルなんだぞ。少しは手加減してくれ。

「危ないだろ？」

俺が声をかけた相手は、四階建ての校舎ぐらいありそうな怪物。巨大な竜だ。

いやいや、でかすぎる。報告よりさらにでかくなってるじゃないか。これはもう移動する建造物と同じだぞ。

四つん這いで四階建てってことは、立ち上がったらどうなるんだ？

学術的な興味が尽きないが、それよりも早く竜がブレスを吐く。炎ではなく光線の束みたいなヤツだ。純粋魔力の噴射だが、なんだか昔の怪獣映画みたいだな。

「人の話を聞け」

純粋魔力の奔流なら俺も吸い取れる。体感で数百カイト分ぐらいのパワーだな。俺がこの威力を出そうと思ったら二発が限界だろう。

竜は最初から俺を食べるつもりらしく、今度は首を伸ばして噛みついてきた。俺の魔力が狙いか。

「無駄だ」

会話が通じない相手だから面倒くさい。強化魔法で加速し、バックステップで距離を取る。

竜の動きは俊敏だが、巨体特有の大きな予備動作があった。明らかに筋力が自重に負けている。

やはり生まれつきこの巨体ではないな。急に大きくなった体を扱いかねている感じだ。

それにしてもサイズもそうだが、色も報告と少し違う。赤というよりは赤黒い。なんでだろう。

いや待てよ、なるほど。

「鉄の色か……」

鉄はわずかな不純物によってさまざまに性質を変える面白い金属だが、この世界には魔力を大量に蓄積する鉄もある。魔撃銃のマガジンに相当する蓄魔鋼がそれだ。

なお血中の鉄分も魔力を運んでいるらしく、生体内では魔力は血流に乗って循環している。

こいつの場合、体表の鱗も鉄分を含んでいるのかもしれない。研究用に一枚欲しい。いや二枚か三枚欲しい。

倒したら絶対に採取しようと心に誓いつつ、俺は猛攻を回避し続ける。右爪、牙、右爪、左爪。そしてまた右爪、牙、右爪。左爪。

「ゴアアアアッ！」

流れるようなコンビネーションだが、本能的な動きだな。パターン化されている。

おまけに巨体を扱いきれていないせいで本来の鋭さがなく、攻撃と攻撃の合間に大きな隙がある。

「パーカーも少しは格闘技をやっておけばよかったのにな」

魔力のブレスも牙や爪も、俺ならどうにか捌ける。反撃するには俺の攻撃力が足りないが、防御に専念するだけなら何とかなるだろう。

そう思った瞬間、ドラゴンが巨体を翻した。こちらに背中を向ける。

逃げるのかな、と見せかけて尻尾で横殴りに襲ってきた。人間で言えば後ろ回し蹴りに近い。巧みなフェイント攻撃だ。

初見ではまず回避不能だろうが、俺はこの攻撃をよく知っていた。竜人や人馬の格闘術には同様の技がある。

「甘いんだよ！」

体を沈めて、鉄橋みたいな太さの尻尾をかわす。何事も経験だな。

俺を捉えそこねた尻尾が周囲を薙ぎ払う。まだ焼かれずに残っていた樹木がバキボキとへし折られ、大量の木片が舞った。攻撃そのものよりも、こっちの方がキツい。

「ええいもう」

隙を見てパンチやキックを叩き込んでみたが、硬い鱗と分厚い皮に守られて筋肉までダメージが通らない。やっぱりダメか。

パンチと同時に「激痛」などの魔法も仕掛けてみたが、相手の魔力が高すぎて通じないようだ。

鉤爪もまるで歯が立たない。

つまり俺とこいつは、お互いに相手を仕留める決定打に欠けている。

……どうしよう。

とはいえ、それは予想していたことだ。俺に倒せるのならとっくにやっている。

俺の仕事はこいつの討伐じゃない。

続けざまに放たれたドラゴンの魔力ブレスを片手で逸らし、俺は笑いかける。

「人狼は狩りが得意だが、狩られるのは慣れてないんだ。お手柔らかに頼む」

地味な副官の仕事の始まりだ。

＊　　＊

「戦球都市の貴公子」

「若！　迎撃地点の石積み工事でクレーンが足りねえそうです！」

「魔王軍の巨人兵を二人、現場に回します！　ネイゲンさん、案内をよろしく！」

「失礼します、若様！　市民の避難誘導の段取り、ちょいとまずいですぜ！　計算したら闘技場に収容しきれません！」

「えっ!?　コートにもテントを張るから大丈夫なはずだけど……それならジッドさんかコクウさんに確認して！」

　リューニエは書類と大声が飛び交う城館で、初めての大仕事に奔走していた。

「そういえば闘技場に食料と水は手配した？」

「へい！　炊事場には薪も搬入しやした！　ベルーザ陸戦隊が炊き出しをしてくれるそうですぜ！」

「あの人たちはリューンハイトでお店を出してるから、きっとみんな喜ぶよ。ベルーザ陸戦隊が仕

事をしやすいよう、主計局から誰か回してください」

次々に舞い込む報告を迅速に処理しつつ、戦球都市ドニエスクの地図にメモを貼る。

（住民の避難はこれで大丈夫。あとは物資の管理と、外部から来る人員の応対だ）

既にワからは応援の部隊が駆けつけ、大砲が搬入された。さらにロルムンドとクウォールからも助っ人たちがやってくる。

だが言葉や信仰の違いもあるし、迂闊なことをすれば外交問題にもなりかねない。

「叔父上のとこからグルコアさんとホワンさんを連れてきてください！　ワ語とクウォール語の通訳が足りないよ！」

「がってんでさあ！　他にも使えそうなヤツを何人か連れてきやす！」

「ありがとう！」

戦球都市ドニエスクが引き受けた任務は、竜討伐の拠点提供。魔王軍に加え、各国からの援軍の集合場所になることだ。

本当は何もない荒野に集合すれば被害が出ないのだが、家屋も井戸もない場所に人や物資を集めるのは難しい。長期間の滞在は不可能だ。

そこでドニエスク市がその拠点としてインフラを提供し、ここで竜を討伐することになった。

だがそのことに異論は出る。

「若、本当に大丈夫なんですか？」

側近の一人が書類の束を整理しつつ、ふと不安そうに漏らす。

執務室に詰めていた他の家臣も同じようなことを言い出した。

「ミラルディアを吹き飛ばすほどの凶悪な竜を、ここで退治するんでしょう？　失敗したらこの街はどうなるんです？」

「それは……」

どうなるかわからないのが本当のところだ。見渡す限りの森を焼き払う光の炎を吐き、空を飛んで襲いかかってくるという。正直、リューニエ自身には対抗策すら思いつかない。

不安な空気が伝播したのか、また別の家臣が口を開く。

「俺は若とウォーロイ様に命を捧げる覚悟ですが、女房と子供たちだけは守りたいんです。闘技場に避難していれば本当に大丈夫なんですよね？」

それも難しい問いだ。魔王軍が全力で守ると確約してくれたが、それで安全が確保されたのかはわからない。

（みんな、思っていたよりも不安になっている……）

今のドニエスク家に仕える古参の家臣たちは、叔父のウォーロイが旅先で集めてきた無頼の徒だ。勇敢で誇り高い男たちだが、それでも不安は隠せないようだ。

自分よりずっと年上の家臣たちに対して、まだ若いリューニエはどう答えるべきか迷う。

だがそのとき、リューニエは亡父イヴァンの顔を思い出す。

（勇士が集うのは勇将の下だ。だからこそドニエスクの男は勇将であれ。そうですよね、お父様）

決意を固めたリューニエは一同の顔を見つめた。そして自信たっぷりにこう答えてみせる。

「僕は魔王陛下とヴァイト殿を信じている。みんなは僕を信じてくれ。僕が誰よりも危険な場所で戦うためには、みんなの力が必要だ」

「若……」

中年や老年にさしかかった家臣たちは一様に涙ぐむ。

そのうち誰かが言った。

「みんな、怖じ気づいてる場合じゃねえ。若は命を懸けておいでだ。昔からお仕えしてきた俺たちが命を懸けなくてどうする」

「そうとも。あのときの骸骨どもを思い出せ」

「おお、ドニエスク建設のときの戦いか。骸骨の大軍に囲まれて死ぬかと思ったな」

「あのときはウォーロイ様とバルナーク様、それにヴァイト様に助けられた。あのときの恩を返す絶好の機会だぜ」

「そういやそうだな！」

みるみるうちに執務室の雰囲気が明るくなる。

「あれに比べりゃたかが竜一匹、どうってことはねえよ。剣を取って戦う訳じゃねえし、やることといえば書類整理だけだ」

「ははは、長いこと安穏としてたせいですっかり臆病になっちまってたな」

どうやら士気崩壊は免れたようだ。リューニエは内心で安堵する。

そのとき、執務室にウォーロイが入ってきた。

「ほう、いい顔をしてるな！」

引退したとはいえ初代太守、ドニエスク市を建設した英雄の中の英雄だ。一同が表情を引き締めて背筋を伸ばす。

「ウォーロイ様、お帰りでしたか！」

「おう、たった今戻った。ところでリューニエはもう『若』ではない。もともと俺はドニエスク家の次男坊で、嫡男の後見人に過ぎん。リューニエが成人して太守を拝命した今、当家の主はリューニエだ。ちゃんと『御前』と呼べ」

「へ、へい！」

どうやら外で会話を聞いていたらしい。豪放磊落《ごうほうらいらく》な豪傑肌に見えるが、細かいところまでちゃんと見ているのがウォーロイという人物だった。

（やっぱり叔父上には敵わないな……）

そんなことを思っていると、ウォーロイは楽しそうにこんなことを言い出した。

「さて、ロルムンドからの援軍がもうすぐ到着するぞ！　それもとんでもない大物がお目見えだ！」

「誰です？」

みんなはもう、竜への恐れなどすっかり忘れて興味津々だ。

「聞きたいか？」

ウォーロイはニヤリと笑った。

次の瞬間、ドアを勢いよく明けてロルムンド人らしい少女が入ってくる。

「この私よ！　神聖ロルムンド帝国皇女にして帝位継承権第一位！　ミーチャ・ウィクラーン・オリガニア・ロルムンドが来たわ！」

「ミーチャ殿下!?」

リューニエは目を丸くする。

ミーチャの母親はエレオラの妹であり、亡父イヴァンとは従兄妹同士になる。やや遠縁ではあるが親戚だ。

ミーチャはフフンと笑って一同を眺め回し、妙に偉そうな態度で腰に手を当てる。

「友邦ミラルディアの危機を救うため、そしてロルムンド帝室の血を受け継ぐドニエスク家の街を守るため、私自らが来たわ。ドニエスク家の家臣たちの忠誠と実力、目に焼き付けさせてもらうわね」

「お……おお……」

あっけに取られていたドニエスク家臣団も、ここでようやく反応し始めた。

「ロルムンドの皇女様まで来たのか!?」

「こりゃ大事だ！」

「若君……じゃねえ、御前に恥をかかせるな！」

「おうとも、俺たち家臣団の踏ん張りどころだぞ！」

さらに活気づいて、一同がめまぐるしく働き始める。

ミーチャはそんな彼らをうんうんと嬉しそうに見守り、それからリューニエに向き直った。

「リューニエ殿、ロルムンド帝国軍の新兵器を持ってきたわ。どう使えばいいのか私にはわからないけど、とにかく防衛に使ってちょうだい」

「ありがとうございます、ミーチャ殿」

しかしミーチャはキョロキョロしている。

「あの……フリーデはどこかしら？」

「ああ、彼女なら任務中です。すぐ戻ってくると思いますので、こちらはこちらで準備を続けましょう。ひとまず竜討伐の砲兵陣地に御案内します」

リューニエはそう言うと、すぐに馬車を手配した。

竜討伐の陣地はドニエスク市から少し離れた場所に作られていた。周囲は広大な平原になっており、遮るものは何もない。

既にワの応援が現地入りして、魔王軍と共に陣地を構築していた。

「ここ！　この窪地に竜を誘い込んで撃ち下ろします！　大砲の照準はここに合わせてください！」

窪地の真ん中で叫んでいるのは、観星衆のフミノだ。彼女は予知術を使う。とはいえ読み取れる未来はほんの数分なので、今はまだどこに大砲を向けるべきかはわかっていないらしい。

彼女の言葉に人狼たちが大砲を動かす。ガーニー兄弟とその息子たちだ。

「フミノのいる場所にこのデカブツを向けるぞ！」

「おう！　よっこらせっと！」

だがワの砲術家たちが慌てる。

「おい待て、砲だけ動かすな！　壊れる！」

「ちゃんと土台ごと動かしてくれ！」

ガーベルトとニーベルトが顔を見合わせる。

「どういうことだ？」

「土台は別に関係ねえだろ……？」

すると彼らの息子たちが一斉に声を張り上げた。

「言われた通りにすりゃいいんだよ、父ちゃんたち！」

「そうだよ！　専門家の言うことは素直に聞けって、ヴァイト先生が言ってただろ！」

「そんなんだから母ちゃんに頭が上がらないんだよ！」

十代半ばの息子たちにさんざん叱られ、ガーニー兄弟は頭を掻く。

「まったく、小うるさい坊主どもだなあ」

「いざとなりゃ俺たちが大砲を担いでやるから心配すんなって」

しかし息子たちがさらに言う。

「父ちゃんたちバカなの？　反動で後ろに吹っ飛んじゃうだろ！」

「またギックリ腰になって寝込むぞ、父ちゃん！」

「歳を考えてよ、歳を！」

ガーニー兄弟はまた顔を見合わせる。

「やりづれえなあ……」

「まあでも、これぐらいじゃないと俺らの跡継ぎにはなれないぜ、兄ちゃん」

「そうだな、わはは！」

ガーニー兄弟は楽しそうだ。

その間にも、変身した人狼たちが陣地の回りに盛り土をしていく。

それを眺めていたミーチャが、ふとリューニエに質問した。

「ねえリューニエ殿、土を盛り上げて竜を防げるの？」

「ほとんど効果はないでしょう。ただ、竜の視界に入らないことで攻撃の優先順位は下がるはずで

す。大砲周辺には人狼ではなく人間が多いので、狙われたら最後ですから」

　ミーチャは不意に真剣な表情になる。

「それでも人間を配置するのね？」

　その問いにリューニエは真正面から答えた。

「人狼隊だけでは砲を扱えませんし、予測射撃には予知術の使い手が必要です。たとえどれだけ危険だとしても、砲兵や魔術師が必要なんです」

「そう……」

　ミーチャは軽くうなずき、そしてこう答える。

「だったら私もここでロルムンド兵を指揮するわ」

「危険すぎますよ!?　せめて闘技場の指揮所に詰めててください！」

　隣国の次期皇帝を危険に晒す訳にはいかないので、リューニエは必死に止める。

　だがミーチャは不満そうに上目遣いでリューニエをじろっと見た。

「絶対やだ」

「なんで!?」

「それじゃ竜を退治するところが見られないでしょう？」

　ロルムンド帝室の血を引く二人はしばらく押し問答を続け、それは側近たちが見かねて割って入るまで続いた。

＊　　＊

俺は今、人生最大の危機に遭遇していた。

眠い。眠すぎる。

吼えているのは、この三日ぐらい俺と遊び続けているドラゴンさん。単調な右爪、牙、右爪、左爪のコンビネーションを飽きずに延々と繰り返している。

「ゴアァッ！」

ただし時折違うパターンも混ざるので、油断しているとやられる。

「お前は眠くないのか？」

ルームメイトに質問してみるが、まともな返事は返ってこない。メチャクチャに攻撃されるだけだ。

そして浴びせかけられる魔力のブレス。

ただし俺の場合、この魔力のブレスは重要な魔力供給源になっており、こいつのおかげで俺は無尽蔵に強化魔法が使える。

筋肉の疲労も頭の眠気も、強化魔法でしのぐことができた。魔力が枯渇しない限り、強化術師は不眠不休で戦い続けることができる。

とはいっても実際には眠っていないので「横になって眠りたい！」という欲求は消えない。点滴で水分補給してても喉が渇くのに似ていると思う。

「師匠の蔵書に、強化術で不眠の耐久実験やった記録があったよな……」

あのときの記録は十日だったか一ヶ月だったか。最後は「私はこんなことのために魔術を研究しているのではない」というコメントと共に実験が終了していたはずだ。その気持ち、今なら凄くよくわかる。俺もこんな馬鹿な戦いはさっさとやめたい。

しかしドラゴンがやめさせてくれない。

「ゴアアアァッ！」

ドラゴンが尻尾で薙ぎ払ってくる。貴重な休憩タイムだ。しゃがんで目を閉じ、一秒半ほど休む。もう中年だから十秒ぐらい休憩したいが、ドラゴンがそれを許してくれない。

「はいはい、わかってるから」

鉤爪の攻撃を捌く。回避の動きは最小限にして体力を温存しているが、万が一避け損ねると死ぬので受ける準備もする。ギリギリのときは軽く払って受け流す。

しかしこいつ、飽きずにずっと俺を攻撃してくるなあ。

狩りをする野生動物の中には、恐ろしく執念深い種もある。だが狩りに費やすエネルギーと狩りで得られるエネルギーが釣り合わなければ、それは緩慢な自殺だ。だから普通はどこかで狩りを諦める。

　このドラゴンはもう何日も俺と戦い続けているが、それでエネルギーの収支は合うんだろうか。吐き出した魔力の総量を考えると、俺を喰って得られる千数百カイトでは全く見合わないはずだ。

「やっぱりお前、食事に頼らずに魔力を得てるんじゃないか？」

　鉄分を含んだ分厚い鱗。あれが蓄魔鋼と同じ機能を持っているのなら、大樹海の濃密な魔力を吸収できるはずだ。

　もしそうならこいつは捕食行動を必要としない。大樹海の奥地でじっとしているだけで生きていけるだろう。

　だがそれでは生来の狩猟本能を満足させることはできない。寝てない俺が眠りたいのと同じように、本能を満足させるための狩りが必要になる。

　たぶん大樹海の外縁部に出てきた理由がそれだろう。本能が殺戮を求めているのだ。

「そう考えると、お前を野放しにするってのは危険すぎるな」

　狂ったように猛攻を浴びせてくるドラゴンをあしらいつつ、俺は東へ東へと走り続ける。ドラゴンの巨体は一歩踏み出すだけで数メートルも移動するので、誘導自体は楽だ。連続攻撃を誘発すれば、あっという間に数十メートル誘導できてしまう。

　こいつを戦球都市ドニエスクまで誘導するのが、今回の作戦の第一段階だ。

　戦神化には膨大な魔力を必要とするため、魔力の濃密な大樹海にいると戦神化が加速する。放っておけばこいつが戦神化してしまう。

だが退治しようにも魔力のブレスを延々ぶっ放されたら手がつけられない。俺も今、どうしたものかと扱いかねている。

そこで魔力の希薄な平原地帯におびき出し、魔力の枯渇を待って大砲で攻撃する。大砲は魔力を使わないから、魔力吸収ができようが関係ない。

問題はドニエスク市での迎撃準備がまだ完了していないことだ。このまま連れて行ったら俺はドニエスク市を破壊するテロリストになってしまう。

だいたい俺はドラゴンの誘導係じゃない。調査してから人選を考えるつもりだったのに、もう段取りがメチャクチャだ。俺の立てる計画っていつもこれだよ。黒狼卿劇で「深謀遠慮の策士」とか称されてるの、絶対におかしいと思う。

「調査のつもりだったのに、なんでお前と一騎打ちなんだよ」

ついつい腹立ちまぎれにドラゴンの顎を蹴り上げてしまうが、もちろんダメージなんて微々たるものだ。ドラゴンを怒らせただけで、逆に物凄い反撃を浴びせかけられる。

「だから一騎打ちしたい訳じゃないんだよ」

牙や爪をバシバシと払いのけ、ドラゴンの目を狙って回し蹴りを放つ。が、避けられた。意外と機敏なのだ。

その俺のキックに噛みつこうとドラゴンが口を開けるが、そのまま牙を蹴ってやる。ちょっとは痛いといいんだが……あ、ダメだ。まるで効いていないな。不毛すぎる。

とにかく樹海からは引っ張り出すことに成功したので、後はドニエスク市の迎撃準備が完了するまで延々と戦い続けるだけだ。ここで逃がすと何が起きるかわからない。

「あと何日耐えられるかな……俺が」

自嘲気味に呟いたとき、背後で「ポポン、ポン」と音が鳴った。

魔王軍の信号弾だ。何色だ？

「よっと」

ドラゴンの尻尾の薙ぎ払いを宙返りで回避して、上空の信号弾を見る。煙の色は「準備完了」と「作戦開始」を示していた。

本当か？　準備が早すぎないか？

そう思ってしばらく攻防を続けていると、地平線に土煙が舞い上がった。

「センパーイ！」

珍しく甲冑に身を固めたフィルニールが平原の彼方から走ってくる。なんだあれ、新幹線みたいなスピードだ。

「危ない、来るな！」

そう叫んだときには既に遅く、新手を警戒したドラゴンが魔力のブレスを放った。まばゆい光芒がフィルニールを包む。なんてことだ。

だが甲冑姿のフィルニールは平気な顔をして、焦土の真ん中に立っていた。槍をぐるんと振り回

し、盾を掲げて誇らしげに胸を張る。

「無敵！」

「それ絶対に魔法の武具だろ、無茶をするな！」

「大丈夫ですよ、センパイ！　後はボクに任せて！　うりゃあっ！　とおっ！」

フィルニールは盾を構えて突進し、ドラゴンの鉤爪を真正面から受け止める。世界中のトラックが激突したような物凄い音がしたが、フィルニールは無傷だ。

「無敵ぃ！」

「調子に乗るな！」

俺は思わず怒鳴ったが、貴重な数秒間を稼ぐことができた。だいぶ効果が薄れていた強化魔法をかけ直し、ついでに息も整える。

一人じゃないという安心感のせいで、急に疲労がどっと襲ってきた。全身が悲鳴をあげている。やっぱり歳だな。

フィルニールは盾と鎧で牙やブレスを弾き返しながら、俺に向かって声を張り上げる。

「もうすぐ救援が来ますから、もうちょっとだけ耐えてくださいね！」

「救援って、お前じゃないのか⁉」

「ボクは救援までの時間稼ぎ！　うわっと！」

ドラゴンの猛攻で盾がひしゃげ、フィルニールは機敏にステップでかわす。

あの盾、戦車の装甲ぐらいの堅さがあったな。魔法の盾だ。そしてそれがグシャリと潰れている。

一方、フィルニールの鎧は魔力のブレスを無効化する装備のようだ。妙な魔力場が発生している。

あんなものは文献でも見たことがない。最新式か？

「うおりゃっと！」

フィルニールは手にした槍をドラゴンに投げつけた。

槍はドラゴンの鱗で弾かれたが、その瞬間に大爆発した。巨体が一瞬よろめく。ロケット弾みたいな威力があったらしい。

「センパイ、今のうちにボクに乗って！」

「いや無理だろ」

「乗って！」

グイッと引っ張られ、フィルニールの背中に乗る。人馬族は馬よりもずっと小柄なので、彼女の背中はかなり窮屈だ。

「お、重い！　やっぱり降りて！」

「だから言っただろ!?」

こんなコントやってる場合じゃないんだよ。

ドラゴンはというと、早くも態勢を立て直しているところだ。回復が尋常じゃない。

「センパイ、やっぱりもうちょっと戦ってて！」

「言われなくてもそのつもりだ！」

こうなったら疲れたなんて言ってられない。俺はフィルニールをかばって身構える。

一人じゃないと思っただけで、体の奥底から力が湧いてくる。ここに守るべき者、共に戦う者がいる。それだけでもう絶対に負ける気がしない。

「行くぞ！」

「うん！」

俺とフィルニールが颯爽と身構えたとき、ドラゴンの頭上で空間がぐにゃりと歪んだ。

「今度はなんだ!?」

＊　　＊

「うわあぁぁああぁおぉああうぅ!?」

初めての空間転移にびっくりしたけど、飛び出したのがメチャクチャ上空だったのでさらにびっくりした。

「惑星の丸みのバカーッ！」

地面は平坦じゃなくて、緩やかに湾曲している。

だから地平線の向こうに人を送る場合、直線移動だと高さの調整が難しいらしい。どうしても上

空に放り出してしまうそうだ。

　モヴィばあちゃんが言ってた。

　言ってたけど、やっぱりこれは怖い。

「あいてっ!?」

　思ってたより高かったので悲鳴をあげちゃったけど、なんとか着地に成功した。私史上、最もカッコイイポーズで着地したと思う。

　悲鳴が減点材料ではある。

「フリーデ!?」

　お父さんがびっくりしたように叫んでいる。人狼の姿だと表情がわからないんだよね。

「お父さん、助けに来たよ！」

　これだ。これが言いたかった。

　うちのお父さんは無敵すぎて、どんな強敵とも一人で渡り合える。なんせ伝説の英雄、黒狼卿ヴァイトだから。

　でも今回の敵はさすがに倒しきれない。

　だから私が来た。モヴィばあちゃんの転移魔法で。

　ちょっとびっくりしたけどね。

「ゴアアアアァッ！」

「うわぁ!?」

ドラゴンの咆吼が予想以上に大迫力だった。おまけに魔力のブレスが飛んでくる。

「ふぬぬぬ！」

また変な声が出ちゃったけど、なんせ緊張しているから仕方がない。ちゃんと受け止めないと消し炭にされちゃう。物凄い魔力量だ。

でもおかげで魔力がメチャクチャ回復した。

「無駄だよ！　私もあなたも魔力で回復する！」

びしっと言ってやったけど、たぶん通じてない。通じてない方がありがたい。魔力をもらえるので。

「フリーデ！　どうしてここに!?」

「あ、うん！　準備が！　できたっ！　からっ！」

戦う相手が三人に増えたので、ドラゴンは手当たり次第に攻撃をしかけてくる。体は大きいけど結構素早い。予備動作が大きいから避けるのは簡単だけど、ちゃんと見てないと避けられない。

お父さん、こんなのを一人で何日も相手してたの？

やっぱりうちのお父さんはどうかしてる。

「お父さんはっ！　退いてっ！　フィルニールさんがっ！　ドニエスク市までっ、運んでっ、くれっ、るっ、からっ！」

　なんか私への攻撃が増えてない？

「ついでにっ！　ドニエスク市までっ！　ドラゴンをっ！　誘導っ！」

　攻撃が激しすぎて喋りにくい！

　でもお父さんは私の方を見たまま、ドラゴンの攻撃をヒョイヒョイかわしてるのに。息も切らしていない。

　フィルニールさんが代わりに説明してくれた。

「あー、ロルムンド軍の技官たちがドニエスク市の郊外にでっかい蓄魔鋼を置いてくれたから、センパイがドニエスク市まで後退すれば討伐作戦が開始できるよ」

　フィルニールさんはあんまり攻撃されてない。

　やっぱりモヴィばあちゃんの言ってた通りだ。

　このドラゴンは魔力の高い者を最優先で狙う。

「このドラゴンはっ！　魔力を糧にっ！」

「ああ、わかってる。こいつは捕食の必要がないから狩猟本能を満たすためだけに他者を攻撃していた。だが魔力の濃密な大樹海から出たから、徐々に飢餓状態に陥っている。巨体を維持するのに魔力が必要なんだ」

　お父さんは魔術師だし学者でもあるから話が早い。

　だけど感心してたらドラゴンそっちのけで講義を始めた。

「魔力の蓄積には限界があるが、体を大きくすれば蓄積できる魔力量は増える。だがこの巨体だと自重で内臓や骨格が潰れてしまう。それを支えるために魔力を消費し続ける。こいつは後戻りのできない道を踏み出してしまったんだ」

ちなみにお父さん、この説明の最中に十発以上の攻撃を受け流してます。何なんだ、うちのお父さん。ドラゴン以上の怪物か。

お父さんは平気な顔をしてドラゴンの猛攻を防ぎ続けていたけど、私を見てニコッと笑った。

「お父さんはそろそろ限界だ。こいつを倒す力はないし、防ぐのも疲れてきた。退却を手伝ってくれるか？」

「うん！　任せて！」

頼られると嬉しくなってしまうのは、たぶんお父さんも私も同じだ。燃えてきた。

お父さんは変身を解き、フィルニールさんの背中に乗ってドニエスク市の方角へと退却していく。私もそれを追う。

これでドラゴンもついてくるだろうなと思ったら、背後でバサッという大きな羽音が聞こえた。

えっ!?

「フリーデ！　ヤツが飛ぶぞ！」

お父さんの声に慌てて振り返ると、ドラゴンは大きな翼を広げて軽く羽ばたいているところだった。

今飛ばれたら作戦がメチャクチャになってしまう。

「お父さん、どうしよう!?」

「あの巨体では羽ばたきで離陸できない！　魔力の噴射と滑空で飛ぶはずだ！　今のうちにお父さんが飛び乗る！」

お父さんはもう一度人狼に変身しようとしたけど、変身できないみたいだ。

「しまった、体が……」

「何日も変身して戦いっぱなしだったもん。普通なら死んでるよ。私が行くね！」

私は逃げるのをやめて、ドラゴンに向かって駆け出す。

「フリーデ、無茶するな！」

「うん、無茶はもうしない！」

できることと、できないこと。

やるべきことと、やらなくてもいいこと。

やりたいことと、やりたくないこと。

少しずつだけど、その区別がつくようになってきた。

「私が目印になる！　みんなには『予定通り』って伝えて！」

「わかった！　魔力通信が回復し次第、そう伝える！」

ドラゴンの近くだと魔力が乱れすぎて魔力通信できないもんね。

お父さんとドラゴンを引き離せば、お父さんはまた「魔王の副官」としてみんなを指揮できる。

そういう意味でも、ここは私が引き受けた方がいい。なんせ私はお父さんと違って、本物の「評議会の下っぱ」だ。

走りながら指で印を切り、自分の体に「記憶減衰《ぼやけ》」の術をかける。敵の認識能力を攪乱し、私が何者でどこにいるのかをわかりにくくする強化術だ。

印を結んだり切ったりするのは、ワの観星衆の秘伝で、イオリに教えてもらった。これなら息が切れない。

ドラゴンは私の方を向いたけど、一瞬どこにいるのかわからなかったみたいだ。これぐらいの術なら効果はあるらしい。

「ゴガアアァッ！」

私のすぐ横の地面を爪でえぐってきたので、私はドラゴンの前脚を駆け上がる。

そしてそのまま、ドラゴンの背中にスポンと収まった。翼の付け根あたりのくぼみだ。

人狼化すると大きくなってはみ出しちゃうぐらい狭いから、これは私にしかできない芸当だと思う。そして「吸着」の術でしっかりと鱗をつかむ。

ドラゴンはしばらくキョロキョロしていたけど、私もお父さんたちもいないので当初の予定を思い出したらしい。翼を広げて空に舞い上がる。

一瞬、体がふわっと浮いた。みるみるうちに地面が遠ざかる。

「うっほぅ……！」

大声を出したらまずいので、そっと叫ぶ。

今私がいる場所は、さっき墜落してきた場所よりも遥かに高い。だって雲に手が届きそうなんだもん。空中浮遊術をマスターしない限り、人狼にだって無理な高さだ。

眼下には広大な平原が広がり、地平線の向こうにどこかの城塞都市が見える。距離と方角で判断すると、ベルネハイネンかな。あっちに行くのはやめてよ……。

幸い、ドラゴンは魔力の濃密な場所を求めて一直線に飛んでいく。お腹が空いてるのかな。ちょっとかわいそうな気はする。なりたくてこんな姿になった訳じゃないだろう。

でも話し合いができないから、殺し合うしかない。

あっという間にドニエスク市が近くなり、郊外に設置された迎撃拠点が見えてきた。

突貫工事で作った三日月形の陣地と、その周辺で動いている人や魔族。陣地の前には魔力を貯め込んだ蓄魔鋼がこれでもかと積んであって、魔力不足のドラゴンが喜びそうな感じだ。

あそこにうまく誘導しないといけない。ほんの少しズレても作戦が崩壊してしまう。

でもドラゴンは上空を旋回したまま、降りようとしない。もしかして警戒してる？　それともお腹の空かせ方が足りない？　私にはわからない……。

（頼むから降りてよー……）

小声でそっとお願いしてみるけど、やっぱりぐるぐる回ってるだけだ。旋回半径がだんだん大き

くなっている。このままだとどっかに飛んでっちゃいそうだ。

本当は歩かせてあそこまで引っ張ってくる予定だったんだけど、まあしょうがないよね。どれだけ周到に準備しても、最後は出たとこ勝負だから。

何とかするしかないから、私が何とかする。

幸い、私には強化術の必殺技があった。

基本という名の必殺技が。

「墜ちろおおぉっ！」

全魔力を集中し、自分の体に「重力」の術をかける。魔力で下向きの力を発生させ……要するに体を重くする術だ。強化魔法の最も初歩の術でもある。

これは自分にかける術だから、相手が何者だろうと関係ない。

そして最も初歩の術だから、失敗することなく確実に効果を発揮する。

「ゴオァッ!?」

ドラゴンが急に失速した。今の私の体重はドラゴンと同じぐらいあるはずだ。乙女が恥を忍んでここまでしてるんだから、おとなしく墜落して欲しい。

でもドラゴンは体内の魔力を活性化させて、物凄い勢いで魔力を放った。輝く魔力の奔流が巨大な翼になって、ドラゴンを急加速させる。

「ゴガオオォン！」

まずい!? 降りるどころか、思いっきり警戒させちゃった! このままじゃ迎撃陣地を通り過ぎちゃう!

「このっ! このっ!」

私の魔力をありったけ振り絞って下向きの力を発生させるけど、純粋な魔力勝負じゃドラゴンに勝てない。相手は戦神化に片足を突っ込んでる伝説級の魔物だ。

「ぬあああぁっ!」

叫んでも魔力は出てこない。

やっぱり私じゃ無理なのかな? 不意に諦めの気持ちが胸に湧き上がってくる。

私は人間としても人狼としても中途半端だし、お父さんみたいな伝説の英雄じゃない。魔法だって簡単なものしか使えないし、実戦経験だって少な……。

いやいや、関係ない! ドラゴンの背中には今、私しかいない。私が諦めたら全部終わってしまう。

私がやるんだ!

そうだ、私にしかできないことがある!

私は力の限り叫んだ。

「そうるううううぅっ! しぇいかーっ!」

お父さん譲りの必殺技。変身した人狼、それも魔術師でなければ使えない必殺の大技だ。私は変

身能力を持っていない代わりに、この姿で使うことができる。

　この瞬間、私の内に眠る「渦の力」が解放された。周囲のあらゆる魔力を吸い寄せ、我が魔力とする。

　ドラゴンの魔力だって例外じゃない。飛行のために噴射してる魔力を「渦の力」で吸い取る。それだけでもドラゴンの上昇速度は鈍る。

　そして吸い取った魔力は全部、私を重くするのに使う。下向きの力で地表に突き刺してやる！

「うおあああああぁっ！」

　ドラゴンから吸収した膨大な魔力を使い、全力で下向きの力を発生させる。軟着陸なんてさせない。

「ゴアアアアァッ！」

　ものすごく不機嫌そうな咆吼と共に、デタラメに魔力のブレスが放たれる。背中にいる私を狙ってるみたいだけど、ドラゴン自身の翼が遮っているから当たらない。でも、ぴかぴか光って物凄く眩しい。

「こら、やめなさい！」

　流れ弾……いや流れブレスがドニエスク市に命中したら大変だ。

　だけど出力勝負はほぼ互角。上昇も降下もしない。上向きと下向きの力が拮抗してしまった。重力分だけこっちが有利なはずなのに、あと少し足りないみたいだ。

ドラゴンの魔力を吸い取って使っているから、これ以上の出力強化は難しい。もう少しでいい、他に供給源があれば……。

「フリーデ！」

「うわぁ!?」

お父さんの声がすぐ近くでした。なんで？　あ、強化魔法か。『拡声』の術で声を届けたんだ。

真下を見ると、誰かがフィルニールさんの背中に乗って併走している。とても遠くて小さくしか見えないけれど、どう見てもお父さんだ。

そしてお父さんが叫ぶ。

「この魔力を使え！」

真下から声が聞こえたとき、私は反射的に「渦の力」を下に向けていた。

魔撃銃の光弾……それも特大サイズが、私の作った渦の中に飛び込んでくる。その瞬間、全身に力が満ちあふれた。

「いける！」

魔力量は千カイトぐらいあるだろうか。でもこの魔力は考え無しに力比べに使うよりも、もっといいことに使おう。

私はお父さんの魔力で自分の筋力を限界まで強化すると、翼の付け根にしがみついた。

「へし折れろぉ！」

いやまあ、さすがに折るのはちょっと無理だけどね。でも力任せに翼をねじって、ドラゴンの飛行姿勢をほんの少しだけ崩してやる。

私の作る「下向きの力」に抗っていたのは、ドラゴンが翼から噴射する魔力で作る「上向きの力」。でも翼がほんの少し傾いたことで、「上向きの力」は「斜め上向きの力」になった。

その瞬間、力の均衡が一気に崩れる。

「ギャアアウウゥ！」

ドラゴンが不機嫌そうな咆吼を轟かせたときには、私とドラゴンは錐《きり》揉《も》み飛行で地面に墜落していった。

「ひょわああぁっ!?」

めちゃくちゃに視界が回る。どっちが上だか下だかわからないけど、私がわからなくても魔法の力はちゃんと下向きに働いている。こっちか、こっちが下なんだね？

かろうじて受け身を取った瞬間、物凄い衝撃が伝わってきた。

「いだだだぁっ！」

世界がひっくり返ったかと思ったけど、とにかく所定の位置にドラゴンを強制着陸させた。これを着陸と呼ぶか墜落と呼ぶかは、未来の歴史家に委ねよう。私が今やらないといけないのは、その未来を守ることだ。

「竜が降ってきた!?」

「フリーデだ！　フリーデがいるぞ！」

「ヴァイト殿の指示通りだ！」

みんなが大騒ぎしてるけど、ドラゴンはまだ生きている。私が重しになって押さえつけてるだけだ。そしてドラゴンはじたばた大暴れしてて大変危ない。

でもそのとき、知っている声が聞こえる。

「狼狽えないで！　砲撃用意よ！」

ミーチャの声だ。なんで最前線にいるの？

三日月形の陣地のあちこちには、火薬で弾を撃ち出す大砲が用意されている。ワから運んできたものだ。

「目標は動きの少ない竜の胴体よ！　全砲門、撃てーっ！」

ワの大砲をミラルディアで撃つのに、どうしてロルムンドのお姫様が号令してるんだろう……。

指揮系統が意味不明すぎたけど、ずらりと並べられた大砲が一斉に轟音を立てる。

大砲の目標は、もちろんミーチャの指示通りにドラゴンの胴体だ。

そしてそれを押さえつけてるのが私。

「うわあぁ!?」

大砲の弾がどかどか撃ち込まれるので、ドラゴンの翼や頭を盾にして必死で耐える。私が動いたらドラゴンが逃げちゃう。

火薬の匂いと一緒に血の匂いがする。人間や魔族の血じゃない。たぶんドラゴンだ。この匂いの濃さだと、かなり出血してる。

そして大砲の弾が撃ち込まれた直後、ドラゴンの魔力が急に弱くなった。

私の作る下向きの力の方が圧倒的になり、ドラゴンの鎧が割れてボキゴキと嫌な衝撃が掌に伝わってくる。鱗だけじゃない。ドラゴンの骨も折れてる。

「ギャアアアアァ！」

ドラゴンの悲鳴。でも私はドラゴンを押さえつけるのをやめない。

「ごめん！」

お前だって死にたくないよね。

でも私たちも死にたくない。だからお前を殺すんだ。ごめん。

「うおおおあああぁあっ！」

持てる全ての魔力を使って、下向きの力でドラゴンの背骨を押さえつける。

次の瞬間、ボゴンという凄い衝撃が掌に伝わってきて、ドラゴンが急に力を失った。

首や尻尾がズシーンと音を立てて地面にめり込む。翼もしおれたようになり、魔力の噴出が止まった。

「撃ち方やめ！　こら、やめなさい！　やめろってば！　フリーデが死んじゃうでしょ！」

大砲よりも大きな声でミーチャが叫んで、不意に静寂が訪れる。

「フリーデ!?　フリーデどこ!?」

「フリーデ、返事をしてくれ！」

「無事ですか、フリーデ!?」

私の名を呼ぶ声がいくつも聞こえてきたので、私はよろめきながら立ち上がった。魔力の使いすぎでフラフラする。もう下向きの力は発生させていないのに体が重い。

巨大な翼にもたれかかりつつ、私はドラゴンの背中の上で声を張り上げる。

「私はここにいるよ！」

「フリーデ！」

あっという間にみんなに囲まれた。お父さん、シリン、ヨシュア、イオリ、フィルニールさん、ミーチャ、リューニエ先輩、人狼隊のみんな、あとワの人とかクウォールの人とか、人虎族の人とか大勢。

なんだか照れくさくなってきちゃったけど、私はみんなに笑いかける。

「終わったよ」

＊　　＊

ドニエスク市では今、竜退治を祝して大宴会が繰り広げられている。どんちゃん騒ぎだ。

だが俺は地味な裏方として、クルツェ技術総監の報告を受けていた。

「予想以上に各国の技術は進んでいましたな、ヴァイト殿」

「ああ。ワの大砲とロルムンドの『吸魔鋼』は特筆すべきものだった。魔力を装填していない蓄魔鋼を魔撃銃の弾避けに使うとはな。しかも回収すれば自軍の魔力にできる」

ロルムンドは他国が魔撃銃部隊を拡充した場合に備え、魔撃銃対策の防具を開発している。開発責任者はあのエレオラだ。魔撃銃の生みの親でもある。

するとクルツェが眼鏡を押さえた。

「エレオラ陛下は『魔力喰らいの人狼から着想を得た』と書簡に記しておられます」

俺のせいか。

確かに俺に魔撃銃は通用しない。魔力を吸い取っちゃうからな。

だがそれと同じ効果を持つ装備を作ろうとするエレオラはやはり凄い。量産化まで辿り着けば、全兵士が俺と同じ能力を持つことになる。

もちろん俺みたいに底なしに光弾を防ぐことはできないが、魔撃銃の光弾は一撃必殺だから一発でも防げれば効果は大きい。一発防げば命が一個増えたのと同じだ。

しかしクルツェは全然違うことを言い出した。

「その『吸魔鋼』を砲弾にして撃ち込めと言い出したのはヴァイト殿でしょう。相変わらず新技術を雑に使う御仁ですな」

「面目ない。一学徒として反省している」

何でもかんでもすぐ爆発させてきたので、俺はクルツェ技術総監に頭が上がらない。

だがクルツェはおかしそうに笑う。

「実用的な用途を考えて頂けるのは助かりますよ。高魔力の標的に『吸魔鋼』を撃ち込むことで魔力使用を一時的に阻害し、戦闘を有利に進めるとは驚きました。防御用の技術を攻撃に転用するのはさすがです」

「クルツェ殿に褒めて頂けて光栄だ。ところでドニエスク市街に被害は出ていないかな?」

俺がふと不安になると、ひょこりと師匠が現れた。

「わしが闘技場で頑張っておったゆえ、市街地には一発も命中しておらぬ。やはり何発か危ういのがあったでの。わしが吸収して防いでおいた」

「やっぱりそうでしたか。ありがとうございます。フリーデが御迷惑をおかけしました」

最後の最後でドラゴンに魔力ブレスを吐かせまくったのは、まだまだ詰めが甘い証拠だ。

しかし師匠はニコリと笑って首を左右に振る。

「なんのなんの、あの子もなかなか見事な手際じゃよ。あの歳であれだけの大活躍、さすがは黒狼卿の娘じゃと皆が興奮しておった」

「それならいいんですが……」

今回、師匠を前線に呼ばずに後詰めをお願いしたのは大正解だった。北端のバッヘン市に帰国し

たばかりのフリーデをドニエスク市まで転送してくれたし、闘技場に避難していた市民を保護してくれたからな。

「毎回御迷惑をおかけしてます。危なっかしい娘で生きた心地がしませんよ」

「はは、おぬしが言うか」

師匠はクルツェと顔を見合わせて苦笑する。そういえば俺も危なっかしいと師匠に言われ続けて、もう二十年ほど経ってしまった。

「わしが闘技場の防衛に専念できたのは、竜退治をおぬしたちだけで終えられたからじゃろう。そしてその立役者はフリーデじゃ。成長を認めてやらぬか」

「それは……確かにそうですね」

少し前までのフリーデなら、空飛ぶ竜を目標地点に正確に叩き落とすなど不可能だっただろう。パニックになって無意味な攻撃を繰り返していたはずだ。

だが今回、フリーデは皆の期待を遥かに超える大活躍をした。

クルツェが今回の作戦計画書をパラパラめくり、軽く溜息をつく。

「竜の所在確認に行ったヴァイト殿がそのまま竜を引っ張ってきますし、ヴァイト殿の支援に向かったはずのフリーデが竜を迎撃地点で撃墜しますし、親子そろって技官泣かせですよ」

師匠はクルツェに微笑みかける。

「なに、それも信頼の証じゃよ。竜に『吸魔鋼』の砲弾を撃ち込んで弱らせ、後は魔王軍の兵力で

討ち取る。結果的には予定通りじゃろ？」

「大魔王陛下がそうやって甘やかすから、この親子はいつまで経っても……いえ、私自身、それを期待していたのは否定できません」

クルツェはそう言って作戦計画書に目を落とし、「ヴァイト・フリーデ親子の活躍により省略」と記入すると計画表の後半全部に斜線を引いた。なんかごめん。

俺は何かフォローせねばと思い、必死に言葉を紡ぎ出す。

「今回はフリーデだけでなく、若手のみんなの活躍がめざましかった。特にリューニエ殿は太守襲名直後とは思えないほどの采配だったな」

師匠は嬉しそうにうんうんとうなずく。

「後進育成の成果じゃな。若手の育成は何よりも大事じゃからのう。百年後のミラルディアを支えるのは百年後の人材じゃ。……まあわしはそのときも大魔王をやらされとるんじゃろうが」

「師匠がいてくださる限り、この国は安泰ですよ。末永くよろしくお願いします」

人材育成に関しては師匠が面倒を見てくれるから安泰だ。

すると師匠は明るく笑う。

「心配せずとも後進たちはしっかり育っておる。大丈夫じゃよ」

そう……かな？

＊　＊

ドニエスク市は今、竜討伐の祝宴で町中がお祭り騒ぎだ。大きな酒樽がいくつも運び出され、みんな酔っ払いながら大騒ぎしている。種族も出身地もバラバラな酔っ払いだらけだ。

全員酔っ払っちゃうとさすがに不安なので、私はドニエスク家の城館に避難していた。

応接間でお茶を飲みつつ、ついでに新太守のリューニエ先輩に倒した竜について報告する。

「それじゃあ、あの竜の正体は普通のトカゲだったんだね」

リューニエ先輩は驚いた顔をしてた。そりゃそうだ、私もびっくりしたもん。

私はモヴィばあちゃんからもらったスケッチの複製を広げる。

「はい。大樹海に生息する魔物、サビトカゲらしいです。成体の体長は寝そべった私ぐらいで、獲物の血から鉄分を貯め込んで鉄の鱗を作るらしいです。その鱗が蓄魔鋼の役割を果たしたんじゃないかって、大魔王陛下が言ってました」

リューニエ先輩はスケッチを手に取り、興味深そうにしげしげと見つめた。

「なるほど、じゃあ他のサビトカゲも危険なのかな？」

「魔王軍が調査中です。でも今回のトカゲは変異体みたいなので、そんなに心配しなくても良さそうだ、とヴァイト閣下が言ってました」

生物学や魔物学は基礎しか習ってないから、あんまり詳しいことは私にもわからない。詳しい人

の話を伝えるだけだ。

「それと、もうひとつ。竜を解剖したら、胃の中から秘宝と思われる水晶玉が出てきました」

リューニエ先輩は驚いた顔をする。

「秘宝って、あの戦神になる力を与えるという、あの秘宝？　膨大な魔力を持っているヤツだよね？」

「そう、それなんです。魔力は空っぽでしたし、竜自体が蓄えていた魔力は戦神化にはまだまだ足りない水準でした。たぶん魔力満タンの秘宝じゃなかったんだと思います」

「それが巨大化の原因かな？　君はどう思う？」

うーん、どうだろう。お父さんの講義を思い出す。

「トカゲの仲間は一生成長を続けるらしいですから、何百年も生きた長老クラスなら胃石代わりに呑み込んじゃうかもしれませんね。体が大きいと鱗の量も凄いはずですから、魔力を取り込む力も高いはずです」

「なるほど、長老サビトカゲと秘宝か……」

リューニエ先輩は私の話を聞いた後、じっと考え込む。

「今の話、どこまで共有されてる？」

「まだ魔王軍幹部と評議員ぐらいまでです」

先輩は一瞬、ロルムンドの雪みたいに冷たくて静かな眼差しになった。

「蓄魔鋼が絡むとなると秘匿したいところだけど、たぶんロルムンドやワの諜報力ならそのうちバレるよね。援軍への感謝ということで、先に公開した方がいいかもしれない。ヴァイト殿は何と？」

　なるほど、今後のことを考えてたんだ。

「そうですね。向こうが突き止める前に、外交の手札としてさっさと使ってしまった方がお互い楽でいいって父も言ってました。再発防止も各国共通の課題ですし」

「確かに。ワでもヌエ騒動があったぐらいだから、今後も似たようなことは起きるだろうなあ」

　リューニエ先輩は窓の外を眺めながら腕組みをする。

「戦神やそれに近い存在は国家の総力を投入しなければ討伐できない。この力は社会を不安定にしてしまう。危険すぎる」

「そうですね。古代ではそのせいで国がたくさん滅んだらしいですし」

　するとリューニエ先輩はニコッと笑う。

「『魔力を使う』技術の発展は止められないだろう。だから防ぐ技術、使わせない技術も並行して編み出さないとね。僕もミラルディアの太守として頑張るよ」

「はい、応援しています！」

　リューニエ先輩はロルムンド生まれで、政争に巻き込まれて何もかも失った人だ。でも誰も恨まず、まっすぐ誠実に生きている。立派な人だなあ。

と、そこでリューニエ先輩がコホンと咳払いをする。

「ところでフリーデ殿は、祝宴には参加しないのかな？」

「あ、それなんですけど……」

言いかけたところでドアが開いた。

「失礼します。フリーデがこちらにいると聞いたのですが」

「あら、素敵なお屋敷ね。ロルムンドとミラルディアの文化が融合した美の結晶だわ」

イオリとミーチャが入ってくる。後ろにはユヒテやシリンたちもぞろぞろくっついていた。

リューニエ先輩は笑顔で応対した。

「フリーデ殿ならこちらですよ。皆さんようこそ」

さすが先輩、明るく穏やかな貴公子ぶりだ。でもなぜか失意の匂いを漂わせている。もしかして賑やかなのは苦手なのかな……。

すかさずミーチャが口を開く。

「リューニエ殿、申し訳ありませんけどフリーデを少し借りて行きますね」

「えっ？　ああ、はい。どうぞ」

「そうそうリューニエ殿、『視察』の件は前向きに御検討ください。伯母上もぜひお会いしたいと申しておりました」

視察？　伯母上って、エレオラ陛下のことだよね？

「ねえミーチャ、それってもしかして……」

「あなたはいいの。どうせリューニエ殿のことだから、評議会に相談するわよ。でしょう？」

「その通りです。前向きに検討しますよ」

にっこり笑うリューニエ先輩。

今度は失意の匂いはしていなかった。

そして私は右手をイオリ、左手をミーチャに抱えられて退場する。なんで？

するとミーチャが興奮した様子で叫んだ。

「ねえフリーデ、私も戦球やってみたいの！　女子チーム作って戦いましょう！」

「私も助太刀いたします」

イオリまでそんなことを言う。

「いやでも二人とも身分がアレだし、ケガしたら外交問題に……」

「そうならないよう、基礎からみっちり教えてね」

「そういう問題かな!?」

あまりにも力強い女子会が始まりそうだ。

いいのかな……。

＊　　＊

「聖河の王」

遠く離れた魔都リューンハイトで、シュマル王子はクウォール人虎隊から竜討伐の報を受け取っていた。

「なるほど、ヴァイト殿とフリーデ殿が……」

感心した様子のシュマル王子に、ベテランの人虎男性が苦笑する。

「結局、我々の出番はありませんでしたよ。ありゃメチャクチャだ」

「おかげで我が方に損害がなかったんですから何よりですよ」

ニコニコしているシュマル王子。

中年の人虎がつられて微笑むと、シュマル王子は続けてこう言う。

「それに損害無しでミラルディアに貸しを作れたのなら、外交としても最良の結果です」

「だからそれはいちいち言わなくていいんですよ、アホですか殿下は」

ティリヤが溜息をつく。

しかしシュマル王子はニコッと笑って応じる。

「みんな、僕のことを『何も考えてない箱入り息子』だと思ってるからね。多少は考えてるところを見せておかないとダメかなって」

「努力は認めますが、殿下はそういう小細工はしなくていいんです。王者なんですから。小細工は俺の仕事です」

それからティリヤは慎重な面持ちになる。

「あれだけ皆が難儀していた竜なのに、ヴァイト殿たちが出向いたらあっさり倒せてしまった。やはりあの御仁は尋常ならざる存在なのでは」

「僕もそう思っているよ。あの方々なら、カヤンカカ山の向こうの問題を解決してくれるかもしれない」

その言葉に人虎はわずかに目を細め、恭しく頭を下げる。

「我らもそれを期待しております」

あとがき

お久しぶりです。漂月です。なんだかんだで十四巻から随分お待たせしてしまいました。

……ほとんど全部書き下ろしですので、そこはまあ、お許し頂ければ幸いです。たぶん次巻もそれなりにお待ち頂くことになると思います。

十五巻の内容は「小説家になろう」での連載時にはカットした部分で、アイデア自体は当時からあったのですが結局書かなかったエピソードです。

東の風紋砂漠と西の大樹海。

いずれもやや唐突な感じで地図に横たわっており、「絶対ここには何かあるぞ」と看破しておられた読者の方も多いと思います（正解です）。

大樹海についてはまだ書き残したことが少しありますが、とりあえずその一端を描けたのでホッとしています。せっかく作った設定ですから、なるべく作品に登場させたいですよね。

実は本作には空を飛ぶ魔物は登場していませんでした。魔族の中にも飛べる種族はいません。

作中でも示されていますが、現実世界と同じように作中世界でも空を飛ぶのは大変で、魔力でも使わなければ巨体が浮きません。それだけに今回のドラゴンは史上希に見る大災害だった訳です。

……まあ空を飛ぶ魔物がいると人間たちの城壁や武器や兵法も対空仕様にしないといけませんので、面倒くさかったというのもあります。

その場合、ヴァイトたち人狼隊がリューンハイトやロルムンドの城壁をよじ登って侵入するのも一苦労だったでしょう。作者も一苦労だったはずです。しなくていい苦労はしないに限ります。

一方、避けては通れない苦労もたくさんあり、その苦労の大半はまたしても担当編集の齋藤様に押しつける形になってしまいました。

書き下ろしは執筆スケジュールの管理が大変で、齋藤様の気配りとサポートがなければ多分まだ執筆が終わっていなかっただろうと思います。いつも本当にありがとうございます。

イラストレーターの手島様にも大変お手数をおかけすることになってしまいました。唐突にドラゴンを発注したので作者としても恐縮しきりでしたが、大迫力のドラゴンを描いて頂けました。またシュマル王子たち初登場組も美麗に描いて頂けたので、恐縮しながらも内心ではしめしめと喜んでおります。ありがとうございます。

あと漫画版の「はじまりの章」も、コミックアース・スター様で連載中です。そろそろ八巻が出

る、巻末書き下ろし小説の準備をしています。

瑚澄遊智先生による、原作以上に原作の雰囲気が感じられる（と原作者がいつも断言している）非常に魅力的な作品です。こちらもぜひ御一読ください。シビアな戦いの中でもみんなほのぼのしていて可愛いです。


そして原作である「人狼への転生、魔王の副官」は、いよいよ次巻が最終巻となります。ミラルディアと隣国全てに安定と平和をもたらしたヴァイト。後継者たちもしっかり育ち、凶暴なドラゴンも一致団結して退治できて、これで「めでたしめでたし」としたいところですが……。

まだひとつ、やり残したことがありました。

最終巻ではそれをヴァイトにやってもらおうと思います。では次巻でお会いしましょう。

……はい、執筆頑張ります。

祝15巻!
こんにちは。他社でコミカライズを描かせて
いただいております。瑚澄遊智と申します。
おじゃまさせていただきます。
新刊発売おめでとうございます!
瑚澄遊智

SQEXノベル

人狼への転生、魔王の副官 15
巨竜咆哮

著者
漂月

イラストレーター
手島nari

2021年12月7日　初版発行

発行人
松浦克義

発行所
株式会社スクウェア・エニックス
〒160−8430
東京都新宿区新宿6−27−30　新宿イーストサイドスクエア
（お問い合わせ）スクウェア・エニックス　サポートセンター
https://sqex.to/PUB

印刷所
図書印刷株式会社

担当編集
齋藤芙嵯乃

装幀
百足屋ユウコ＋石田隆（ムシカゴグラフィクス）

ISBN978-4-7575-7620-9　C0093　　Printed in Japan